CRÔNICAS MARSICANAS

Alberto Marsicano

CRÔNICAS MARSICANAS

Capa: Guto Lacaz
Preparação: Bianca Pasqualini
Revisão: Larissa Roso
Editoração: Cristiano Guterres
Fotos: Marcos Steinbaum (p. 56 e 156), Marcus Herren (p. 61), Maria Leal (p. 77), Martina Leal (p. 107) e Samadhigh (p. 120).

CIP-Brasil. Catalogação-na-Fonte
Sindicato Nacional dos Editores de Livros, RJ

M266c	Marsicano, Alberto Crônicas marsicanas / Alberto Marsicano. – Porto Alegre, RS : L&PM Editores, 2007. 168p. : il. ISBN 978-85-254-1686-5 1. Crônica brasileira. I. Título.
07-3479.	CDD: 869.98 CDU: 821.134.3(81)-8

© Alberto Marscicano, 2007

Todos os direitos desta edição reservados a L&PM Editores
Rua Comendador Coruja 314, loja 9 – Floresta – 90220-180
Porto Alegre – RS – Brasil / Fone: 51.3225.5777 – Fax: 51.3221-5380
Pedidos & Depto. comercial: vendas@lpm.com.br
Fale conosco: info@lpm.com.br
www.lpm.com.br

Impresso no Brasil
Primavera de 2007

SUMÁRIO

Cambridge (Inglaterra)
    Na capela do King's College, Cambridge 7
Bombaim (Índia) 9
Barcelona (Espanha) 10
Londres (Inglaterra) 12
São Paulo 14
Granada (Espanha) 16
Nova York (Estados Unidos) 19
Tânger (Marrocos) 20
Socco Chico (Casbah de Tânger) 21
Santa Cruz de la Sierra (Bolívia) 24
Salvador 26
Sahara (Marrocos e Mauritânia) 28
São Paulo 29
Bruxelas (Bélgica) 30
São Paulo 31
Londres (Inglaterra) 33
Cartagena (Colômbia) 36
São Paulo 43
Miami 47
São Paulo 49
Huautla (México) 50
Estocolmo 52
São Paulo 53
Barcelona 54
Rio das Ostras 56
São Paulo 58
Brasília 62
Abidjan (Costa do Marfim) 64
Cantareira 66
São Paulo 68
Cairo (Egito) 70
Dessau (Alemanha) 71
Guarulhos 75
Alto Paraíso 77
Lisboa (Portugal) 80
Rio de Janeiro 82

Benares (Índia) 83
São Paulo 86
Los Alamos (Estados Unidos) 88
São Paulo 90
San Fernando (Trinidad Tobago) 92
São Luís do Paraitinga 94
Coimbra (Portugal) 97
Amarna (Egito) 98
Canal da Mancha 102
Shogoji (Japão) 105
Rio de Janeiro 106
Leeds (Inglaterra) 109
São Paulo 110
Rio de Janeiro 111
Panamá (Panamá) 112
Jajouka (Marrocos) 114
Belo Horizonte 118
Varanasi (Índia) 119
São Paulo 121
Alto-mar 124
São Paulo 126
Lisboa (Portugal) 127
Ribeirão Preto 129
São Paulo 131
Salvador 136
Katmandu (Nepal) 138
Rio de Janeiro 140
Himachal Pradesh (Índia) – Berlim (Alemanha) 143
São Paulo 145
Patna (Índia) 147
São Paulo – Bombaim (Índia) 149
Londres 151
Zipolite (México) 152
Paris (França) 157
Siracusa (Itália) 160
Macau (China) 162

Sobre o autor 168

CAMBRIDGE (INGLATERRA)
Na capela do King's College, Cambridge

> *Não critiques o rei por gastar de sobra,*
> *Por idealismo planejou este Arquiteto –*
> *Embora para um grupo restrito e seleto*
> *De Estudiosos de toga branca – esta Obra*
> *Imensa e gloriosa de refinado intelecto!*
> *Dê tudo o que puderes; o Céu recusa a mesquinhez*
> *De orçamentos medidos, menos ou mais desta vez;*
> *Assim pensou aquele que ergueu para o sentido*
> *Estes altivos pilares; o teto suspenso ramificado*
> *Arrojado em dez mil fragmentos*
> *De luz e sombra onde o som por uns momentos*
> *Se sustém a vagar relutante em morrer;*
> *Como pensamentos cuja doçura e afeto*
> *Provam que para a imortalidade vieram a nascer.*
>
> WILLIAM WORDSWORTH*

Os clarões dilacerados do crepúsculo pontilhizam impressionismos sobre os céus de Londres. Tomo o metrô em Notting Hill Gate. Através da Circle Line o vagão freme em alta velocidade como a guitarra de Robert Fripp até South Kensington. Entra um grupo de jamaicanos cujo runear me remete ao turquesa do Caribe. Desembarco na estação Victoria, onde os amplos arcos, ogivas e pilastras reverberam a abertura grandiosa de uma orquestração imaginária.

Schopenhauer costumava afirmar que "A arquitetura é uma sinfonia congelada".

Milhares de personagens de Agatha Christie aglomeram-se nas vastas plataformas. Chega o trem para Cambridge, onde fica meu *cottage*. Encosto-me à poltrona e divago ao ritmo tecno dos batentes.

---

* Todas as traduções contidas neste livro são do autor. Na Capela do King's College, Cambridge de Wordsworth, feita com John Milton.

Passa da meia-noite e na pequena estação de Cambridge os funcionários começam a lacrar as portas, e o local seria em minutos fechado. Lá fora a temperatura está em torno de cinco graus negativos. Não há mais ônibus, e noto num calafrio que deixei todo o meu dinheiro em Londres. O *cottage* é distante (do outro lado da cidade) e percebo que morrerei de frio se ficar por aqui esperando pela manhã.

Um velho me acena ao longe num antigo táxi Rover. Entro e sob forte aquecimento o grandiloqüente equipamento de som emite os acordes iniciais da *Quinta Sinfonia* de Beethoven. Partimos e ele comenta:

– Este não é apenas um táxi, mas uma verdadeira aula de música erudita!

Coloco novamente a mão no bolso na tentativa de localizar alguma grana. Tudo que encontro é uma nota de cinco pesetas espanholas que achara marcando página do *Romancero Gitano* de Lorca que comprara num sebo. A cédula, que já não valia nada, agora com o Euro perdera completamente o valor. O veterano motorista faz então o inquietante comentário:

– Lutei na Segunda Guerra Mundial e não estou aqui para fazer papel de palhaço! Imagine que dois sul-americanos (pelo jeito, acho que eram argentinos) entraram no táxi alguns meses atrás e tiveram o desplante de não pagar a corrida! Ao menos estão até agora na cadeia pois meu genro é o delegado geral de Cambridge!

Percorremos por mais de uma hora e meia as verdes e tranqüilas paragens da cidade. Chegando a nosso destino, ele confere o taxímetro, indicando, nos vários dígitos do taxímetro, o pesado montante que lhe devia. Num gesto rápido lhe entrego as cinco pesetas dizendo:

– Meu amigo, é tudo que possuo!

Ele observa atentamente a cédula e exclama:

– Muito obrigado! Nem tenho como lhe agradecer!

Sem entender o *nonsense* da coisa, desço do carro, dou dois passos, mas a curiosidade me impele a perguntar:

– Dei-lhe cinco pesetas sem nenhum valor e o senhor ainda me agradece?

– Sou um colecionador de moedas e esta era precisamente a nota que me faltava! Boa noite e passe bem!

BOMBAIM (ÍNDIA)

No trem Mahanagari rumo a Bombaim! Pelo vagão comprime-se uma turba que procura amoldar-se aos terríveis bancos de madeira do vagão. O calor é insuportável e tento abrir a janela, mas desisto pois o vento é mais quente que o interior da cabine. A paisagem ebule veloz nos matizes verde e ocre. Numa pequena estação somos invadidos por uma turba de meliantes, aleijados, pedintes e contorcionistas.

Aproveito o *intermezzo* pra ler uma passagem de Tagore. O grande poeta bengali descreve um templo milenar em ruínas às margens do Gânges (que conta mais de três mil anos) coberto pela relva e flores silvestres:

O vento da primavera
espargiu entre as ruínas do templo
o pólen das flores
que eram-lhe outrora ofertadas.

Apita o trem! A seda do crepúsculo letarge as azuladas nuanças que se esvaem no pontuar da Vésper. Às sinuosas volutas do incenso divago num intersonho. Nova parada e um barulhento time de cricket invade o vagão acabando de vez com meu sossego. Após 29 horas de provação chegamos a Bombaim.

Meu dinheiro está no fim, como meu visto de permanência. Sem reserva, posso perder também a passagem de volta para o Brasil. Estarei em breve sem retorno, sem grana e, pra completar, ilegal na Índia.

Hospedo-me num antro no cais, o Prince Hotel. No hall de entrada ergue-se um grande pôster do cantor Prince, que pelo jeito dá nome ao estabelecimento. O manager, um indiano sósia do rock star, imita-lhe das roupas ao penteado. Me conduz ao pequeno quarto de onde se avistam guindastes e mastros de navios. Na escada quase tropeço num bando de junkies italianos heroinados, despencando pelos degraus. O lugar é pouco recomendável: no bar deparo com marinheiros gregos cruzando rapidamente uma faca por entre os dedos. Miro o balcão e num relance vejo o barman servindo whiskey a um chinês todo tatuado (seu braço parecia o mapa do inferno) que misturava o gelo no copo com o cano de sua 38. No quarto o calor é infernal e nuvens de mosquitos não me deixam dormir. A altas horas da madrugada escuto bater à porta:

– Serviço de quarto!

Enquanto abria pensei: *room service* aqui neste lugar? Nesse instante, um cara de turbante e olhos esbugalhados salta à minha frente, empunhando um punhal!
– É só esta que faltava; o serviço de quarto no cais de Bombaim é na base do assalto!

BARCELONA (Espanha)

Abro a janela e vejo a Plaza Real à luz etérea da manhã. Caminho pelo Barrio Gótico e no Barrio Chino reencontro Junkeira (um junkie português que conheci num transatlântico). Conta-me que continua estando "pra lá de estar", e agora é o DJ do Amnésia, a casa noturna menos recomendável de Ibiza*. Sua banda Bardos Bastardos (o melhor hardcore de Trás-os-Montes) acaba de lançar o CD *Numa boa em Lisboa*. Tomo o metrô no Paseo de Gracia e desço na estação Lesseps. Subo a íngreme rampa e cruzo os lisérgicos portais do Parque Güell de Gaudí. Este bizarro arquiteto do começo do século passado, cujos projetos como o Templo da Sagrada Família** inspiram-se nos castelos de pingos de areia e estruturas das conchas. Utilizava métodos inusitados, como amarrar pesinhos a uma rede de fios estendida horizontalmente. O volume engendrado pela gravidade era então fotografado e colocado de ponta-cabeça. Dessa maneira era obtida uma maquete com todas as resistências calculadas. Gaudí era maçom e a simbologia maçônica é uma das claves para a apreciação de sua obra. Possuía como ateliê apenas uma tosca prancheta ao fundo das construções, disposta ao lado da cama onde dormia. Costumava contemplar horas a fio os sólidos perfeitos de Platão e concebia os parabólides hiperbólicos como a base de toda a geometria sagrada.

---

* Amnésia, casa noturna de Ibiza, onde presenciei o extasiado diálogo:
– Você esteve aqui ontem?
– Sim, estive.
– E eu, estive?

** Toquei *sitar* nas escadas encaracoladas das torres da Sagrada Famíla. A gravação digital deste recital realizado no interior da torre dos campanários pode ser ouvida em www.marsicano.tk, *A sitar tribute to Gaudí*. Mais info em minha tradução *Conversas com Gaudí*, de César Martinell Brunet, Ed. Perspectiva.

"A sabedoria dos anjos consiste em vislumbrar diretamente as questões do espaço sem passar pelas do plano."

Gaudí

O Parque Güel foi encomendado por um excêntrico fabricante de azulejos que possuía um enorme estoque de sobras dos mais variados tipos. O genial arquiteto teve a idéia de quebrá-los em milhares de fragmentos, revestindo as sinuosas curvas do projeto com um bizarro mosaico bizantino-lisérgico que levaria ao êxtase cubistas como Braque e Picasso. Profetizou a Cultura Policrômica Mediterrânea:

"Os gregos, cujos templos eram de um mármore pantélico,
um mármore cristalino e alvo como o açúcar, não hesitaram
em pintá-los com cores berrantes."

Gaudí

Flores

"De um degrau dourado – entre os cordões de seda, as gazes cinzas, os veludos verdes e os discos de cristal que escurecem como bronze ao sol – vejo a digital abrir-se sobre um tapete de filigranas de prata, de olhos e de cabeleiras.
"Moedas de ouro amarelo semeadas sobre a ágata, pilares de mogno sustentando uma cúpula de esmeraldas, buquês de cetim branco e finas varas de rubis envolvem a rosa d'água."

RIMBAUD

Pego a cítara e inicio o Raga da manhã Bhairavi. A música indiana nos ensina como transmutar a onda sonora num preciso matiz cromático e vice-versa. Toco sob a estrutura orgânica de um domo ornado com mosaicos de um branco profundo e intenso.

O som reverbera na tiffânica campânula art nouveau. Olho pra cima e noto que a incidência da luz nos alvos azulejos os tinge de tênues matizes de púrpura, turquesa e amarelo.

No crepúsculo retorno pelas ruelas do Barrio Chino. À luz violeta do ocaso, degusto um gole de absinto pra rebater no Marseille*. A Plaza

---
* Marseille, delicioso barzinho na Calle San Pau (Barrio Chino).

Real incandesce à flama fulva do flamenco. Numa cena digna de Buñuel, deparo com uma cigana gritando:
– *La Plaza Real no es mas real!*

LONDRES (INGLATERRA)

> *Au coin sombre du ciel*
> *L'epée*
> *la mappemonde*
> *sous les rideaux de l'air*
>
> PIERRE REVERDY

Planetary citizen

O grande jato da Indian Airlines prepara-se para decolar no gigantesco Heathrow de Londres rumo a Bombaim. A meu lado acomoda-se um indiano de turbante. Ouço um linguajar exótico, viro e deparo com sete muçulmanas com véus negros que lhes cobrem inteiramente o rosto. Três velhinhas escocesas já estão enchendo a cara de whiskey. Um russo todo sorridente comenta do choque térmico que sofrerá de Bombaim a Moscou. Chega um executivo chinês e toma lugar no assento esquerdo.

Consigo discernir pelo menos seis idiomas diferentes enquanto zunem as turbinas. O chinês está inquieto. Abre nervosamente o *Times* e, suando frio, recorta com um pequeno canivete suíço o artigo: "EXECUTIVO CHINÊS DÁ GOLPE NA BOLSA DE LONDRES E TOMA RUMO IGNORADO".

O irlandês de terno verde xadrês à minha frente também está um tanto perturbado; pede à aeromoça, num forte sotaque nortista de Belfast, cinco jornais diferentes (um deles estampa a manchete: "IRA PLANEJA NOVO ATENTADO A BOMBA!") e remexe a bagagem o tempo todo.

– Senhores passageiros, apertem os cintos!

O avião lentamente começa a taxiar. O irlandês dá um pulo e corre gritando em direção à aeromoça:
– Quero sair imediatamente!

Ela convence-o a sentar, e noto à sua lapela um pequeno microfone. Logo aparece o comandante e percebo que a situação é grave pois o irlandês segreda-lhe algo que o deixa de olhos arregalados. O piloto sai apressado e a aeromoça continua polidamente a conversa, apertando continuamente botões junto ao sari.

Uma equipe especial da Scotland Yard invade a aeronave numa operação relâmpago! Fortemente armados com escopetas, carregam à força o irlandês, que sai brandindo palavras de ordem contra a Inglaterra.

Outro grupo com aparelhos de alta tecnologia vasculha minuciosamente o local à procura de explosivos. A bagagem do suspeito irlandês é jogada numa densa caixa de concreto e rapidamente retirada. Pergunto à aeromoça o que está acontecendo, e ela, com sorriso amarelo, me diz:
– Nada, está "tudo bem"...

A poltrona à minha frente é totalmente desmontada e levada às pressas. Boatos começam a circular, sibilando expressões do tipo: "bomba", "desastre aéreo" e "não vai sobrar ninguém!". Ouço até gente rezando. O tipo de turbante a meu lado aproveita o momento de tensão e inicia um inflamado discurso separatista da Cachemira, gerando uma onda de protestos por parte dos indianos.

Para quebrar a tensão, um passageiro pede um Manhattan à aeromoça. Além de demorado, o drinque chega acompanhado de uma azeitona, em vez da tradicional cereja. Indignado, o passageiro reclama à aeromoça dizendo:
– O que é essa coisa verde dentro do meu Manhattan?
– É o Central Park – responde ela meio encabulada.

Bomb way

Após três intermináveis horas de espera o comandante nos avisa que um terrorista irlandês havia subido a bordo munido de poderosos explosivos. Mas felizmente desistira, no último momento, de desviar o aparelho para a Líbia:
– Pra Bombay, pessoal! – tranqüiliza a todos o comandante.

O extremista cachemir aproveitando a deixa exclama:
– To *Bomb way*!

Após o inoportuno comentário, o avião decola suavemente. Nos fones degusto o som hipnótico da música indiana. A aeromoça num belíssimo sári azul aproxima-se de mim e pergunta:
— Está voando?
— Sim, e pela Indian Airlines!

SÃO PAULO

Quid folia arborius, quid pleno sidera caelo,
In freta collectas alta quid addis aquas?

Ovídio

Confirmamento

O farfalhar das folhas dos eucaliptos sob o azul do céu de outono. Numa típica e ensolarada tarde de sábado, contemplo a cúpula prateada do Planetário no Parque Ibirapuera. Seu projeto, decerto inspirado no filme *O dia em que a Terra parou** (em que um disco voador aterrissa no Central Park), revela o delicioso estilo *Space Invaders* dos anos 50. Penso na lúcida e futurista obra do genial artista plástico Guto Lacaz. Na entrada, uma curiosa placa adverte o público:

É PROIBIDO CONVERSAR SOBRE ASTROLOGIA NESTE RECINTO.

O que iria dizer disso meu grande amigo Oscar Quiroga?** Começa a sessão e os espectadores aconchegam-se às poltronas dispostas ao redor de um bizarro aparelho sci-fi dos anos 50 criado pelos cientistas alemães da Zeiss. Me vem à cabeça a história do grande astrofísico Abraão de Moraes, que em Paris tinha o hábito de caminhar de madrugada pelas ruas do Quartier Latin olhando para o céu. Certa vez um guarda intrigado acercou-se dele e perguntou:

---

* *The Day The Earth Stood Still* (1951). Filme clássico de ficção científica dirigido por Robert Wise.
** Oscar Quiroga, um dos maiores astrólogos contemporâneos.

– O que faz aqui a esta hora, olhando para o céu?
– Sou astrônomo convidado pelo Observatório de Paris e contemplo o firmamento!
– Muito bem. Só que o céu está totalmente nublado! – disse o guarda.
– Sou "astrônomo teórico" – replicou com maestria o genial Abraão de Moraes.

Gozmik planetarium*

Aos suaves acordes de música clássica as luzes esmaecem e o céu estrelado incandesce a abóbada. Um cientista de cavanhaque e avental branco, sósia do Dr. Zarkov (da HQ *Flash Gordon*), munido de uma seta luminosa, começa então a desvendar os mistérios do espaço. Após um breve comentário sobre a "expulsão" de Plutão do fechado círculo dos planetas**, revela-nos que a vida útil do sol é de aproximadamente cinco bilhões de anos. Nesse momento, uma senhora de idade, assustada, levanta-se e exclama:

– Minha nossa! Em cinco milhões de anos todos morreremos!
– Cinco bilhões! – corrige prontamente o astrônomo.
– AH! GRAÇAS A DEUS! – suspira ela aliviada...

Após dissertar sobre Plutão, Marte e os anéis de Saturno, o astrônomo adverte os presentes:

– Não confundam a Ciência Astronômica com esta "empulhação da astrologia"!

A velhota levanta e protesta com o dedo em riste:
– Não admito que falem mal da Astrologia!

Ouvem-se aplausos e algumas adesões. O cientista irritado a interrompe, avisando serem expressamente proibidas manifestações do público naquele recinto. Sem perder o *élan*, continua sua preleção apontando constelações, planetas e por fim define o sol como mera estrela-anã.

Um vulto ergue-se às minhas costas e, com sotaque interiorano, exclama:

---

* Meu tio-avô e padrinho de batismo, Alberto Marsicano, foi um dos fundadores do Planetário de São Paulo. Até hoje, lá dispõe-se de uma uma placa em sua homenagem. Muitos pensam que teria sido eu o "Homenageado Interestelar".
** PLUTO, ESTAMOS DE LUTO / TE AMAMOS, PLUTÃO / HARDCORE UNDERGROUND / DO SISTEMA SOLAR! / SEGUE IMPERTURBÁVEL / TUA DARK SOLENE / TRAJETÓRIA BEM LONGE / DA ASTRONOMIA TERRÍCOLA

— Ninguém vai chamar o Astro-Rei de estrela-anã na minha frente!
A senhora de idade aproveita a deixa e dá uma estrepitosa gargalhada. O cientista, perdendo o pouco de paciência que lhe restava, adverte:
— Silêncio, senão vou expulsar todos vocês do Planetário!
— Só se a polícia espacial nos tirar daqui, uai! – postula debochado o caipira.
O astrônomo, num gesto de megalomania sideral, aciona os controles do Universo. Em plena meia-noite o sol desponta apressado. Nosso Dr. Zarkov, fazendo um sinal a dois mal-encarados funcionários, brada em alta voz:
— Tirem daqui a velhota e este capiau "clandestino do espaço"!
Ao sair, escoltado pelos funcionários, nosso simpático interiorano, num surto de bairrismo intergalático, proclama a terrível sentença:
— SISTEMA SOLAR, AME-O OU DEIXE-O!

GRANADA (ESPANHA)*

Solo es real la vida
Solo es real la muerte

GONGORA

cristalina esfera
clariluz desvela
crisálida espera
a Maga Estrela
flama que cintila
cigana andaluz
jamais se desfaz
o raio e luz
de seus olhos
negros cintilantes
iridescentes diamantes

---

* Trilha sonora: "A Sitar Tribute to Garcia Lorca" e "Gypsy Sitar" www.marsicano.tk e Nana Del Caballo Grande (de García Lorca) com Camarón de La Isla (cante flamenco) e Gualberto (Sitar) no CD "Camarón La Leyenda Tan Tiempo".

> *labirínticos caminhos*
> *simétricos desenhos*
> *mandalas redemoinhos*

> *Abdalah, questionado sobre o que mais digno de admiração há no mundo, respondeu: o Homem!*
>
> Pico De La Mirandola

Alhambra alumbra

O palácio Alhambra foi erigido pelo Califa Al Ahmar, entre os anos 1248 e 1354. Seu nome no árabe significa O Rubro. É considerada a jóia mais preciosa da arquitetura islâmica.

Alhambra alumbra. No Pátio dos Leões contemplo silente o labiríntico traçado de suas filigranas. Em sua ourivesaria, caligramas sutis revelam uma meticulosa escritura.* Suas fontes de pérola líquida são celebradas nos poemas de Ibn Zamrak, sinuosamente delineados nos azulejos.

O nadador negro

> *Um negro nadava numa piscina*
> *Cujas águas não ocultavam os seixos ao fundo.*
> *A piscina tinha a forma de uma íris azul*
> *E o negro era a pupila.*
>
> Ibn Jafacha**

Muitos cantaram Alhambra à luz da lua. Sempre sonhei em passar aqui a noite, mas os portais cerram-se pontualmente às oito. Oculto-me perto da Sala das Duas Irmãs e, imóvel, aguardo pela meia-noite. Incólume, percorro então as silentes galerias:

> A lua cheia projeta nos arabescos,
> prestidigitações de imagens prismáticas
> incrustando de prata e púrpura
> os alvos patamares.

---

* Escher afirmava ter aqui compreendido a geometria.
** Ibn Jafacha (1058-1138): poeta arábico-andaluz nascido em Alcira (Valencia), célebre por sua coletânea *O Jardineiro*.

Dedilho na cítara o raga Chandrakauns que imanta o fulcro argênteo da lua. Em meio ao delírio, escuto ao longe uma voz:
– *Qué pasa, hombre?*
Era o vigia, que, ouvindo o som da cítara, aparece com uma garrafa de vinho e me intima a continuar tocando.

A flor açucena

As mãos da primavera erigiram,
os castelos da açucena
castelos com seteiras de prata onde
guerreiros ao redor do príncipe
erguem suas espadas douradas

IBN DARRACH AL-QASTALLI*

Cervantes sem conservantes

Granada reverbera o som visceral do flamenco. Gitanas rubilam em flamas volteiam espirais harpejos sublimes das guitarras. Nestas paragens, andaluziram em transe El Cojo, El Enaño de Sevilha, Caracol, Camarón de La Isla e o guitarrista Tomatito. Uma cigana me segreda que os verdadeiros artistas recebem em certos preciosos momentos um fluxo magnético denominado El Duende. A obra então imanta-se dessa poderosa energia. Segreda-me que existem dois tipos de guitarristas: os que possuem El Duende e os que não. Penso em Manitas de Plata, Hendrix e os autênticos bluesmen como Robert Johnson e Stevie Ray Vaughan, que legaram suas vidas ao vórtice abissal das *crossroads*. Rimbaud já profetizara, em sua lendária *Carta do vidente*, que os poetas são verdadeiros ladrões de fogo.

A leitura

Minha pupila resgata o que se atém à página:
o branco ao branco e o negro ao negro.

Ibn Ammar**

---

* Ibn Darrach al-Qastalli (958-1030): poeta arábico-andaluz nascido no Algarve, educou-se na Universidade de Córdoba.
** Ibn Ammar (1031-1086): poeta arábico-andaluz nascido em Silves (Algarve), educou-se na Universidade de Córdoba.

NOVA YORK (Estados Unidos)

O crepúsculo rosicler esparge seus clarões sobre o East Village. Pela Saint Mark's Place chego à emblemática loja Mojo Guitars localizada no lendário prédio retratado na capa do álbum *Physical Graffiti* do Led Zeppelin. Vejo ao longe um grupo de músicos e um deles empunha uma Coral Sitar*, guitarra elétrica raríssima construída na década de 60 que reproduz o som da cítara. Corro até eles, mas já haviam entrado no prédio. O porteiro informa-me o paradeiro e subo rápido a seu encalço.

Jazzpe

Pelos longos corredores vislumbro uma porta aberta. Entro e dou de cara com tipos bizarros que conversam, lêem, tocam instrumentos exóticos e um deles medita de ponta cabeça. Um rasta de manto azul segreda-me:

– Fique tranqüilo, já sabemos de tudo. Você decerto caminhava pela rua, quando, sentindo-se atraído por uma força inexplicável, rumou direto até nós. Foi chamado! Não tenha a menor dúvida disso. Todos aqui ingressamos nesta seita desta mesma forma: Chamados! Nossa Ordem Mística possui diversos salões como este espalhados pelas principais cidades do mundo (inclusive no Brasil). Nossa religião não tem doutrina, livros sagrados ou mentores. Apenas seguimos um dogma: jamais divulgar os endereços de nossos templos a não-iniciados!

Incrédulo, perguntei-lhe:
– Mas que religião é essa?
– Cara – exclama o rasta –, é a religião do Dizzy Gillespie!

---

* A guitarra elétrica Coral Sitar foi criada por Vincent Bell e produzida pela Danelectro em 1967. O segredo de sua genial concepção reside numa ponte de madeira abaulada que produz nas cordas uma vibração sonora análoga à do *sitar* indiano. Possui também treze cordas simpáticas de ressonância.

TÂNGER (Marrocos)

lua Tângerina
tange, tinge
Tânger

Lua Jerimoon

Por aqui passaram William Burroughs, Jim Morrison e Brian Jones*. Alcancei o porto de Tânger vindo da ensolarada Algeciras, na Andaluzia. No ferryboat conheço uma fotógrafa italiana e acabamos por ficar amigos. Belíssima no mais puro Goa Style, de piercing no nariz & bala na boca & calça de couro & túnica indiana & saltos altíssimos, me fala do quarteirão espanhol em Nápoles. Degustamos ao embalo das ondas um vinho branco frisante geladíssimo e não conseguia tirar os olhos de suas tetas. Ao desembarcar, assediado por dezenas de meliantes, uma senhora inglesa me adverte:

— Cuidado! Esta cidade não passa de uma grande quadrilha! Nas ruas vão chamar-te de Ali Babá pois são eles os "Quarenta ladrões"!

Alessandra, insegura de chegar sozinha a Tânger, sugere que dividíssemos um quarto no Socco (parte antiga da cidade), idéia que recebi com imensa alegria. No Casbah, o dono da pensão foi logo abrindo o jogo:

— O quarto é tanto e temos "três qualidades de Ash".

Deitamos no pequeno cômodo com ampla vista para a baía de Tânger, contemplando as prateadas arquiteturas formadas pelas nuvens. Nada mais sublime que os gemidos e as lânguidas palavras sussurradas em italiano durante a transa. Alessandra nua com seu delicioso e temperado sotaque napolitano estava me enlouquecendo. Enquanto fincava suas negras unhas nas minhas costas meu pensamento divagava pelas névoas de vapor das termas romanas onde Messalina banhava-se nua nas cálidas águas e Catulo (o poeta Beat do Império Romano) declamava seus inspirados versos. A sensualidade das napolitanas eclode na perfeita simbiose estabelecida entre o ideal da beleza clássica grega (Napoli vem do termo grego Nea Polis) e o hardcore abissal da loba romana que amamentara Rômulo e Remo. O derramar sublime do cálice de mercúrio sob a brisa e o céu lilás estrelado de Tânger.

Messalina
mescalina
no turquesa da piscina

---

* "The Pipes of Pan At Jajouk". Point Music.

SOCCO CHICO (Casbah de Tânger)

Ao acordar senti um murmúrio distante de vozes e demorei alguns instantes a localizar-me. Olhei ao lado e ela não estava. Na portaria avisaram-me que saíra cedo com um marroquino *rastaman* de óculos escuros.

Nas tortuosas ruelas o delírio: mulheres só com os olhos à mostra, tipos de jelaba (túnica comprida com capuz) e rastas flutuando entre nuvens almíscar de incenso.

Preocupado com o sumiço da italiana, penso no caso (muito comum por aqui) do sueco em lua-de-mel cuja mulher ao sair sozinha fora raptada. Ele vagou anos pela cidade mostrando a todos sua foto. Sua esposa decerto teria sido levada a um harém, clausuras impenetráveis (nem a polícia tem acesso). Lembrei da saudosa Silvinha Werneck (atriz do Oficina), envenenada no harém de um cantor de rock marroquino por suas concubinas. Nesse momento, a sensual Alessandra aparece com mais de um quilo de haxixe de primeira qualidade. Enquanto ela estava embalando os tabletes com plástico transparente, pega um pouco daqueles grãos amarelados (feitos com o pólen da planta) e os coloca numa pipa (canudo com uma canaleta de porcelana na extremidade) e a acende vigorosamente no estilo Peter Tosh. Diz-me que entraria com todo aquele *stuff* em Algeciras, atravessando o Mediterrâneo a partir de Ceuta para despistar a alfândega espanhola. Isto vai acabar sobrando pra mim, pensei... Nesse momento, três golpes na porta interrompem meu devaneio:

– Polícia! Abram a porta!!!

Surge um tipo magrinho de terno e bigode fino, e com os olhos fixos no pacote sobre a cama, nos pergunta:

– O que estão fazendo no Marrocos?

Alessandra, mostrando sua preciosa Leicaflex, responde-lhe que éramos fotógrafos profissionais num trabalho de documentação para a National Geographic Society e partiríamos dali para a Tunísia e Argélia. Ele, meio desconfiado, farejando o denso perfume de haxixe, acabou por despedir-se dizendo:

– Então aproveitem bem a estadia no Marrocos e boa viagem!

Alessandra começa a preparar suas coisas e após um profundo e demorado beijo se despede. Deixa-me como lembrança uma de suas câmaras e parte. Nunca mais nos veríamos.

lua circunfere
seu jogo
de compassos

Com saudades da italiana, contemplo a lua crescente na janela de meu quarto minguante, resplandecendo no céu lilás de Tânger. Estávamos em plena Guerra do Golfo e Sadam Hussein desafiava os Estados Unidos. Numa taverna no Socco pude degustar a autêntica gastronomia, música e dança marroquinas. Um grupo de dervicges começa a tocar. *O ritmo acelera e um facho de luz projeta um disco lilás sobre a cortina carmesim de onde salta uma dançarina do ventre numa cintilação abrasada onde todas as cores se enclavinham ululantes, ora se dimanam silvando tumultos astrais de reflexos – e de toda a sua carne em penumbra azul emana um aroma denso a crime.**

Acordo, pra variar não sabendo onde estou (penso sempre estar no meu quarto em Sampa). Almoço um excelente cuscuz no Casbah e caminho pelas sinuosas ruelas do Socco. Nos outdoors, nos jornais e na TV, a imagem inevitável da guerra. Embora não estivéssemos no centro do conflito, o mundo árabe armava-se em prontidão. Pego o ônibus pra Marrakech e, após algumas horas de viagem, pareço ouvir canto árabe no silvo do vento nas janelas. Paramos numa pequena estação, um berber oferece-me uma pipa de *kiff* e, ao caminhar pelo descampado, sento-me diante da placa.

Marrakech – 280 km

Um Renault pára à minha frente, e um turista nerd francês pergunta-me:
– Onde estamos?
– Pra lá de Marrakech...
Com a alta definição da câmara, tento registrar o ouro fulvo do ocaso refulgindo sobre os altos minaretes. De repente, tudo estremece! Uma esquadrilha de F-16 num forte estrondo cruza os céus de Alá!

A visão foi tão impressionante que acabei por tirar uma série de fotos, registrando suas voláteis acrobacias. A esquadrilha executava manobras de guerra. Num relance, dois marroquinos correm em minha direção e carregam-me à força até o posto policial:
– Prendam o espião! Prendam o espião!

Sou algemado e conduzido novamente a Tânger. No centro de inteligência (serviço secreto marroquino) sou interrogado em espanhol (Tânger fora protetorado da Espanha, e neste lugar fala-se também correntemente o castelhano).

---

* O grifo é de Mário de Sá-Carneiro.

O capitão começa me perguntando:
– *Nombre?*
– Alberto – respondo-lhe.
– *Apellido* (sobrenome em castelhano)?
– Não tenho – retruco prontamente.
– *CÓMO NO TIENES?* – berra o capitão com um forte soco na mesa.

Nisso entra um ancião de turbante e longas barbas brancas e todos o saúdam com grande reverência. Pede-me o passaporte e, após folheá-lo atentamente, proclama:
– Trabalhei trinta anos na aduana e uma coisa posso lhes assegurar. Este passaporte é totalmente falsificado!

Os sentinelas rangem os dentes, fitando-me com os punhos cerrados. Naquele momento chega às mãos do capitão o filme já revelado. Ele o examina, e num tom irônico comenta:
– Turista, né? Posso notar nestas fotos, em detalhes, os importantes segredos da Força Aérea Marroquina!

O ancião faz então o inquietante comentário:
– Os brasileiros são como o Pelé. Tá na cara que ele é espião!
– Morte ao infiel! – clamam revoltados os sentinelas.

O velho de turbante aproveita o instante de tensão para perguntar:
– O que está achando do Marrocos?
– Com-turbante! (Perco a vida mas não o trocadilho.)

Ninguém ri, e neste instante surge a *lux in tenebris*; um cabo baixinho que acompanhava atento a cena sugere:
– Se ele é brasileiro, irá decerto lembrar os jogadores que venceram a lendária Copa do Mundo de 1970 na Cidade do México (os marroquinos são fanáticos e sabem tudo sobre futebol).

Comecei a recordar um por um os jogadores. Pelé, Rivelino, Tostão, Gerson, entre outros. Num passe de mágica, todos se descontraíram, e como se mudássemos do filme de espionagem para uma mesa-redonda esportiva, começamos a discutir futebol. Aproveitei a deixa para fazer alguns comentários sobre a seleção brasileira. O capitão, sorridente, acabou por admitir que encontrara entre meus pertences a carteira internacional de jornalista da Associação Brasileira de Imprensa (ABI)*.
– Bem, já que tudo não passou dum mal-entendido – disse –, *hasta la vista!*

---

* Durante a eleição para presidente da ABI, estava na fila de votação quando chegou a Rede Globo com câmeras, refletores e equipe (*Jornal Nacional*). O repórter perguntava a cada um a qual jornal pertencia. O primeiro: *O Estado de São Paulo*. O segundo: *Jornal da Tarde*. O terceiro: *Folha de São Paulo*. O quarto: *JB*. O quinto: *O Globo*. Ao chegar minha vez, respondi-lhe: *História em Quadrinhos Animal*.

Nesse momento, o velho de turbante interrompe-me bruscamente:
– Pera aí... faltou o Jairzinho!
Liberto (que alívio!), atravesso as tortuosas sendas do Casbah, onde a lua Tângerina tange, tinge Tânger.

SANTA CRUZ DE LA SIERRA (BOLÍVIA)*

A Josimar Melo

Nariz é uma Fresta

Hemingway citado por Daniel Fresnot

No vagaroso Trem da Morte, vindo de Puerto Suarez e San Jose de Chiquitos, chego a Santa Cruz. Desço e dreambulo pelas cercanias da estação. Hospedo-me num casarão colonial e saio à rua procurando algo que comer. É tarde e tudo parece fechado. Caminho por uma rua escura seguindo as indicações dos poucos vultos pelo caminho. Entre a espessa folhagem das árvores, consigo entrever a placa:

Restaurant Puerta del Sol

Ávido por degustar a típica comida boliviana, penso: é aqui mesmo!
Entro e deparo com um grande salão praticamente vazio. Sento a uma mesa ao fundo e ninguém vem me atender. Noto o animado entra-e-sai de gente: um tipo de óculos escuros e poncho sobe ao andar de cima e abandona o local bicudão. O garçom continua a ignorar-me e parece ter feito no Senac o "Curso de fingir que não ouve".
Morto de fome (socorro, Josimar Melo!), chego até o balcão e pergunto ao mal-encarado barman:
– Vocês tem porções?
– Só porção de tapa na cara, Gringo!

---

* Em Santa Cruz deparei com o edifício do Ministério da Marinha Boliviana. Atônito, perguntei ao guarita:
– Essa não! Ministério da Marinha aqui na Bolívia?!
– E vocês por acaso não têm no Brasil o Ministério da Justiça? – respondeu-me ele.

O lugar é realmente jogo duro. No salão apenas dealers, putas e uma universitária carioca fazendo "extensão de carreira" na Bolívia, acompanhada de seu namorado pernambucano de Olinda, Maurício de Nasal. Diz-me que abandonou a Unerj para engrossar as fileiras dos universitários latino-americanos. Senta à minha mesa um boliviano de casaco de couro negro reluzente que ostenta uma profunda cicatriz que lhe atravessa o rosto. Pede que lhe ofereça um pisco e, após virar o copo num só trago, comenta:

– Sou Inca e sou de La Paz!

– Então és um "incapaz" – respondo numa gargalhada (perco a vida mas não o trocadilho).

Este lugar me recorda Tijuana, cidade fronteiriça do México. Certa vez Torkins, poeta venezuelano (grande amigo), fez o inquietante comentário sobre um conhecido pós-graduando da Unicamp:

– Marsicano, esse cara não duraria três dias em Tijuana!

Mas esfomeado como estava, quem não duraria muito seria eu. Ah! A gastronomia andina! Fecho os olhos e vislumbro saltenhas de vários sabores, umintas, chairo (uma reforçada sopa de legumum e até um singelo *pan con queso* andino! O garçom finalmente arroja à mesa o menu. Já sentindo o perfume da comida, contemplo na capa a magnífica ilustração da Porta do Sol das ruínas de Tihuanaco. Eu o abro num relance, mas nada havia escrito em seu interior. Tento desesperadamente chamar mais uma vez o garçom, e quando por fim ele aparece, comento que o cardápio está em branco.

Ele, seco, responde:

– Também ninguém aqui está com fome!

– *Buenas noches y hasta la vista*, Gringo!

LVADOR*

> *um jogo de búzios*
> *sempre*
> *abolirá o acaso*

Quatro horas horas da madruga toca o telefone: é Goffredo da Silva Telles, grande amigo, cineasta e videomaker. Está em Salvador e acaba de ter a idéia de filmar-me tocando cítara dentro do mais famoso terreiro de candomblé do Brasil: o Gantois. Na manhã seguinte acordo cedo e corro direto ao aeroporto. Salvador surge entre as nuvens e vejo a Bahia aproximar-se ao som de Tom Jobim (*Stone Flower*) nos fones de ouvido. No apartamento de Svetlana encontro Monica Milet, uma percussionista muito especial:

Miles runs the voodoo down**

Neta da lendária Mãe Menininha, fora ela a escolhida pelos Orixás para sucedê-la no terreiro do Gantois. Recebe-me com os tambores e começamos a ensaiar à luz dos ritmos sagrados yorubás. O genial poeta venezueleno Torkins certa vez comentou-me que os negros é que infundem a alegria ao continente americano. Os índígenas que passaram pelo mesmo processo de genocídio cultural são sérios, circunspectos, soberbos e de certo modo (principalmente nos Andes) rancorosos. Mas os afro-americanos passaram por tudo isso sorrindo e com uma fé inabalável e inquebrantável. É a mais bela raça sobre a face da terra. Após um giro por Salvador, degusto um esplêndido ravióli de camarão com dendê no lendário templo da culinária *fusion* ítalo-baiana, a Cantina Yemangiare.

Saímos cedo rumo ao terreiro e no caminho encontramos o magistral artista gráfico & poeta & músico & filósofo & visionário Rogério Duarte, genial e profético como sempre. Na câmera de vídeo estaria o virtuose Timo*** (o Eduard Tissé brasileiro), neto de Oswald de Andrade (Marco Zero foi a ele dedicado), fotógrafo do *Barravento* de Glauber. O tempo estava nublado e ameaçava chover. Alguns membros do terreiro tentavam boicotar a filmagem, pois ninguém jamais tocara naquele

---

* Trilha sonora: berimbau de Baden Powell em minha transcrição para *sitar* e tabla. www.marsicano.tk
** Literalmente: Miles Davis desfaz o vodu.
*** Timo fora cameraman de *Barravento* de Glauber Rocha. Esnobou dizendo que fora o único que assistiu ao filme a cores e em 3D.

espaço sagrado e emblemático da Bahia instrumentos alheios ao ritual.
Timo, no boteco ao lado, tomava todas resmungando:
– Cara, rolou o efeito ACM, é isso que estraga a Bahia!
Voltamos ao apartamento de Svetla, onde um banquete nos esperava: acarajé, caruru, bobó de camarão, moqueca de lagosta e outros quitutes. Os Orixás sorriram abrindo os caminhos. Um forte sol dispersou as nuvens nos amplos céus soteropolitanos e Mônica, alegre, comunica-nos pelo telefone que os búzios haviam sido favoráveis e Oxalá iluminaria a filmagem.

Zoom bi

Enquanto o equipamento é montado, minha cítara fica muito bem guardada na camarinha (pequeno quarto onde se incorpora o Orixá) de Oxalá. Sob o tremular solene da bandeira branca, iniciamos os primeiros takes de Brasilíndia. O cineasta Paulo César Saraceni aparece e nos ajuda na direção de câmara. Ao entrar, observo quatro negões tentando segurar um bode arisco que seria sacrificado.

Ku Klux Klan X Fun Flux Fans

Começo a dedilhar a cítara, enquanto Mônica percute num pequeno atabaque os tradicionais pontos sagrados do candomblé. Tendo como cenário a mística árvore do Irôco (Tempo), improviso de olhos fechados em concentração profunda. Nesse instante, o bode misteriosamente consegue escapar e parte com tudo em nossa direção. A equipe tenta resguardar as câmeras, enquanto o bode investe veloz contra o set de filmagem. Ao chegar perto de nós, ele pára e inebriado com a música começa a lamber a cítara (está tudo filmado)*. Mônica acelera o ritmo, e nesse momento desfecho os olhos e saio do transe. Todos riem (especialmente o pessoal do terreiro, que nunca havia visto tal coisa). Terminada a sessão, descia a ladeira do Gantois quando um negão vodu acercou-se de mim e exclamou:
– O bode roubou a cena!

---

* *Brasilíndia*, de Goffredo da Silva Telles, www.marsicano.tk
Também disponível em (Alberto Marsicano), www.youtube.com
www.youtube.com/watch?v=x96x8iCZtPo
www.youtube.com/watch?v=EsqT8Y0Vuoo
www.youtube.com/watch?v=q8Ac0GEU4IQ
www.youtube.com/watch?v=_V8r5KBHFp4
www.youtube.com/watch?v=jWPZZdm7BiM
www.youtube.com/watch?v=RFtf3RCe3uw

SAHARA (Marrocos e Mauritânia)*

> *Ozymandias*
> *Conheci um viajante de uma terra ancestral*
> *Contou-me: sem tronco, duas pernas enormes*
> *Se erguem no deserto... Perto delas no areal,*
> *Semi-enterrada, a cabeça em partes disformes,*
> *Franze o cenho, e o escárnio de um comando glacial,*
> *Mostra-nos que o escultor captou bem o seu estado*
> *Que ainda sobrevive estampado nessas pedras estéreis,*
> *A mão que dele troçou e o coração que foi alimentado.*
> *E no pedestal estão grafadas as seguintes palavras:*
> *"Meu nome é Ozyimandias, rei dos reis:*
> *Ó poderosos, rendei-vos ao olhar minhas obras!"*
> *Nada além permanece. Ao redor do desolamento*
> *Da ruína colossal, infinitas e desertas*
> *As areias planas e solitárias se estendem ao vento.*
>
> Shelley**

A caravana singra o Sahara. Sete caminhões perfilam-se pelas areias escaldantes do deserto rumo à Mauritânia. Partimos de Agadir, a cidade das pedras preciosas, passando por Bou Izakarn, Smara, Bu Craa e Villa Cismeros. Nessa inóspita região (Sahara Marroquino) que apresenta temperaturas extremas de até sessenta graus de dia e dez negativos à noite, carregamos provisões aos homens azuis, bérberes que tingem de índigo a pele. Trajando uma jelaba branca, me acomodo junto aos tuaregues e pilhas de especiarias e mantimentos.

> *Meu calabouço*
> *O calabouço é negro como a noite.*
> *Muralhas brancas o cercam*
> *Como a tinta encerrada*
> *Num tinteiro de marfim*
>
> Al-Sarif al-Taliq***

---

* Trilha sonora www.marsicano.tk *A sitar tribute to Rimsky Korsakov – Sherazade sitar variations.*
** Famoso poema de Percy Bysshe Shelley na tradução de Marsicano e John Milton.
*** Al-Sarif al-Taliq (961-1009): príncipe árabe que aos dezesseis anos matou o pai pois tomara como concubina sua amada. Foi encarcerado e posteriormente liberado.

Anoitece e, sob o límpido céu constelado, as dunas espraiam-se como um vasto oceano prateado ao luar. Paramos num oásis e, junto ao fogo, degustamos pão, queijo de cabra e especiarias. Faz frio e ao longe escuto o som dolente de uma flauta. Aproximo-me e mirando as estrelas divago à sinuosa melodia. Após um instante de silêncio, pergunto ao flautista tuaregue qual seria a música árabe mais antiga e ele proclama:
– O vento do deserto!

SÃO PAULO

Fim de semana chuvoso de inverno em Sampa. A grande amiga Leila Mansur convoca-me a uma balada em plena natureza. Partimos rumo às regiões periféricas, ao chamado "cinturão verde" que envolve a Paulicéia.

No belíssimo e frondoso sítio Jacarandá, vários amigos nos esperavam, e fomos recebidos pelo gentil e atencioso caseiro, um grisalho senhor de idade alemão chamado sr. Peter. Jantamos e após lauta sobremesa tragamos fartos goles de vinho branco junto ao crepitar do fogo, degustando o excelente jazz de Lennie Tristano. O poeta Pedro de Moraes, entre inumeráveis copos de scotch, inicia uma intrincada discussão filosófico-histórica com o circunspecto alemão. Tarde na noite, precipita-se uma terrível tormenta, e conviemos ser impossível retornar devido às precárias condições da pequena estrada de terra.

Sem agasalho, tiritava de frio, e lá pelas duas da madrugada os parcos sofás e poltronas já aconchegavam os comensais bicudos e fritando tentando dormir em meio a goteiras e garrafas vazias. O caseiro gentilmente oferece-me um pequeno cômodo ao lado do seu, nos fundos da propriedade. No pequeno quarto, o alemão estendeu um colchonete e mostrou-me todo prosa o livro *Plantas do Brasil* por ele anotado minuciosamente em vários idiomas (inclusive o latim). Notei que esses apontamentos denotavam certo conhecimento científico. Adormeci ao som dos trovões e das fortes rajadas de vento nas folhagens, ouvindo os gemidos, grunhidos e frases incompreensíveis do alemão no outro quarto. De manhã durante o café, notei a maneira estranha com que o sr. Peter empunhava a faca, com olhar taciturno e paranóico, passando manteiga no pão.

O caseiro alemão

Anos depois, um calafrio percorreu-me a espinha ao saber pelos jornais que o sr. Peter, aquele pacato e polido caseiro alemão, não era outro senão o famigerado dr. Joseph Mengele, o mais procurado criminoso de guerra do mundo, o médico-monstro dos campos de concentração nazistas, que operava e mutilava crianças sem anestesia!*

BRUXELAS (BÉLGICA)

> *Era o último ser humano sobre a face da Terra.*
> *Eis que toca a campainha...*
>
> FEDERIC BROWN

No trem rumo à Bélgica. Ao cruzar a fronteira, o primeiro ícone visual que chama a atenção é uma enorme estátua do Tintim (adoro o traço preciso e japonês de Hergé). Em Bruxelas, a forte chuva precipita-se sobre as autopistas. Pela pitoresca Grand Place acabo entrando na Brasserie 'T Kelderke** e degusto a excelente e lendária cerveja Greuze – Mort Subite. Como o lugar está lotado, um senhor de terno e chapéu pede para sentar-se à minha mesa. De aparência circunspecta e surreal, ele parece saído de um quadro de René Magritte.

Ficamos em silêncio por mais de quinze minutos. De repente, num desdobrar de folhas, ele abre um grande mapa. Com o canto dos olhos dou uma furtiva espiadela:

Uma carta celeste! O curioso personagem apontando as Plêiades me segreda:

– Estou partindo para esta constelação, você quer ir também?

---

* O mais estranho é que semanas antes do encontro havia assistido no lendário Cine Bijou ao filme *Os Meninos do Brasil*, centrado num mirabolante plano de "engenharia genética" sinistramente engendrado pelo dr. Mengele (interpretado por Gregory Peck), em que o médico-monstro era retratado gordo, moreno, com um bigode mexicano (completamente diferente do original) e refugiado numa colônia alemã nazista no Paraguai. Por pouco, não comentei do filme ao próprio dr. Mengele. Tenho certeza que se tocasse no assunto, correria sério risco de vida. *The Boys From Brazil* (1976), filme dirigido por Franklin J. Schaffner com Gregory Peck, Laurence Olivier e James Manson.

** Brasserie 'T Kelderke (A Cave em flamengo), Grand Place, 15.

Lembrei-me de um francês que tinha sido abduzido por alienígenas e que declarou na *Paris-Match* que os havia visto em trajes terrestres semanas antes do ocorrido numa fila de cinema!
Ele esperava inquieto a resposta:
– Amigo – disse-lhe –, obrigado, mas acho que ficarei por aqui...
Calmamente ele guardou o mapa, ergueu-se e, ao dar os primeiros passos, não pude deixar de indagar:
– Mas como o senhor vai para lá?
Fitando-me fixamente, ele solene proclamou:
– Tenho a chave do espaço!
E desapareceu na bruma da forte chuva...

SÃO PAULO

hunos no metrô
visigodos nas ruas
peles vermelhas nos faróis

Brasfond

São 23h55 e tomo o último metrô na Praça da Sé. No fundo do vagão vazio, apenas vejo à minha frente um grupo de rappers que cantam animadamente. O metrô zune em alta velocidade e a letra do rap gira em torno de seqüestros, armas e assaltos. Um deles até gaba-se de ter "apagado mais de quinze" após levar-lhes o dinheiro na "mão grande". Tudo aqui remete ao filme *Desejo de Matar – Parte 3* com Charles Bronson.

Passam várias estações e ninguém entra. Visivelmente travados e embriagados, nossos talentosos rappers continuam o ritmado *groove* inspirado na sinistra temática de extorsão, estelionato e homicídio. O cybermano que puxa as rimas dá uma cafungada numa bem servida carreira de pó e proclama num tom abissal:

Moçada veja só
Se não tem a gente assalta
Tamos travados de pó
E maconha é que não falta!

Começa então uma acirrada discussão sobre uma pretensa negociata de armas, de fuzis AK-47, AR-15, HK-G3, da submetralhadora UZI 9 mm e das granadas de mão M3 que estariam chegando do Rio. Um seqüestro também é mencionado e, após um intervalo de silêncio, se inicia uma série de piadinhas burlescas a meu respeito.

Os cybermanos

Fecham-se as portas, o vagão entra novamente em movimento e ouço, entre o forte zumbido do bólide, o sussurro de que eu estaria cheio de dólares. Um tipo baixinho de boné, após uma estrepitosa gargalhada, exclama debochado:
– Acho que o alemão aí vai se dar mal...
Começa um inquietante rap, pontuado a som de bochechas e estalo de dedos:

Mataram um irmão
Foi no meio do vagão
Vejo à frente o alemão
Pelo jeito é vacilão

Acendem um beck (corneto Peter Tosh), que é passado em roda aos demais. Continuam as pilhérias, e a certo momento, um deles acerca-se de mim com uma faca na mão e jocoso indaga:
– Este metrô vai pra Estação Liberdade?
Todos riem, e incisivo lhe respondo:
– Esse metrô está indo pra Estação Carandiru, meu irmão*...

---

* Certa vez num ônibus presenciei o teológico diálogo:
Uma senhora de idade perguntava ao cobrador:
– O ponto final é no Paraíso?
– Não, minha senhora – disse ele taciturno –, vamos pra Barra Funda!

LONDRES (Inglaterra)

Insígnea

Amanhece em Trafalgar Square. Vislumbra-se no céu o amarelo, o laranja e uns púrpuras fazendo *backin' vocals*. Sol e céu azul em Londres! (Raridade). Andarilho pelo Soho e entre antros de S&M e strip-tease, surge a Broadwick Rd., onde nasceu, em 1757, o poeta vidente e pintor William Blake, cujos escritos e poemas verti ao português. No local exato de sua casa, ergue-se agora um singelo e pequeno pub. Entro e, sob os multicores espectros ensolarados dos vitrais, abro as *Obras Completas de Blake**:

À manhã
Ó Sagrada virgem! De alvura adornada
Abre os dourados umbrais do céu e sai;
Desperta a aurora inebriada no azul, deixa a luz
Emergir de sua morada no leste e esparge
O suave orvalho que vem com o novo dia.

WILLIAM BLAKE

Uma ruiva de negro, musa do Soho cujo porte revelava a sofisticada aristocracia underground, se aproxima e após algumas cervejas escuras lhe aponto o iluminado fragmento:

Se as portas da percepção fossem desveladas, cada coisa apareceria ao homem tal como é, infinita.
William Blake

Estas imantadas palavras, dignas de um ourives da vidência, não apenas dariam título ao famoso livro de Huxley sobre a mescalina como também inspirariam o nome do grupo The Doors. Nesse instante ela diz que voltaria logo com o original de um poema grafado pessoalmente por Jim Morrison**.

---
* www.marsicano.tk Blake & Sitar (poemas de Blake lidos por John Milton ao som de minha cítara).
** Anos mais tarde traduziria *O casamento do céu e do inferno e outras histórias*, de William Blake, L&PM, e *Jim Morrison por ele mesmo*, Ed. Martin Claret. São Paulo.

Senti um arrepio ao tocar aquele papel amarelecido em que o vocalista dos Doors grafara um réquiem a Brian Jones (dos Stones) pouco após sua morte (fora encontrado afogado em sua piscina)*. Sempre respeitei o trabalho de Brian Jones, principalmente por ter sido ele o pioneiro na eletrificação da cítara indiana. Suas gravações piratas, tocando cítara eletrificada (*pickup* de guitarra) com efeitos como Lesley e Ecoplex, podem ser encontradas no Casbah de Tânger (Socco), onde passava a maior parte do tempo.

Ode A L.A.
Com o pensamento em Brian Jones

Moro numa cidade
Acabaram de me escolher para fazer
o papel de
O Príncipe da Dinamarca

Pobre Ofélia

Todos os fantasmas que ele jamais viu
Flutuando rumo ao destino
Numa vela de metal

Volta, bravo guerreiro
Mergulha
Noutro canal

Piscina de manteiga derretida
Onde fica Marrakech
Sob as cachoeiras
A terrível tormenta
em que os selvagens
caíram fora
monstros do ritmo

Você acabou seu
Nada

---

* Fui um dos primeiros a chegar à estréia do filme *Stoned – a verdadeira história dos Rolling Stones* que retrata os últimos anos de Brian Jones e desvenda o mistério de sua morte. O filme já estava quase terminando quando uma súbita e iridescente borbulha psicodélica eclodiu na tela encerrando a projeção. As luzes acenderam e perguntei ao lanterninha se o fim do filme era aquele mesmo. Respondeu-me que não e que fora o projetor que explodira. Levantei-me e gritei: "Brian Jones está presente!!! Brian Jones está presente!!!"

Para lutar com
Silêncio

Espero que tenha saído
Sorrindo
Como uma criança
E penetrado o suave espólio
de um sonho

O homem anjo
Que combate as Serpentes
que querem suas mãos

& dedos

Finalmente resgatou
Esta Alma
benevolente

Ofélia

Que parte em sedas
Ensopada

Sonho
Clorado
Testemunha
Louca asfixiada

O trampolim, o mergulho
A piscina
Era um guerreiro
Musa adamascada almiscarada

Era o sol
Desbotado
Da TV à tarde

o jardineiro
deparou
com o esplêndido flutuando

Furem a pele
Da deusa

Enquanto for levado
através dos paradisíacos
umbrais da música

Sem chance

Réquiem para um peso-pesado

Aquele sorriso sarcástico
O olhar de sátiro
Ergueu-se e saltou
à terra imaculada

Jim Morrison

CARTAGENA (COLÔMBIA)*

> *Homem livre, prostrai-vos frente ao mar. O mar é vosso espelho!*
>
> BAUDELAIRE**

Shiver me timbres
Mare acidalium

  Caminho numa manhã gris e chuvosa pela praia de Cartagena. Local predileto de célebres corsários, estas areias vem há séculos mesclando-se ao sangue, à pólvora e ao rum. Mas o mar! O Caribe turquesa.

---

* Trilha sonora: *Bless of the sea* www.marsicano.tk
** Trilha sonora: no CD *Flowers of evil* (Six Poems of Baudelaire) de Yvette Mimieux (leitura) e Ali Akbar Khan (sarod) Connoisseur Society.

O mar de Drake*, Morgan e Kid! O mar de Nemo e dos visionários do purpúreo abismo!

>Longa jornada
>meus olhos impassíveis
>contemplam o mar!
>>Buson

>O marujo torto
>Entoa um réquiem
>Ao mar morto

Mare nectaris

>*Mesmo que tudo perca, restar-me-á o mar!*
>>Califa Al Ahmar

>*El Mar*

>*Antes que el sueño (o el terror) tejiera*
>*Mitologias y cosmogonias,*
>*Antes que el tiempo se acuñara em dias,*
>*El mar, el siempre mar, ya estaba y era.*
>>Jorge Luis Borges

Após mirar a cidade das muralhas do forte colonial de San Felipe, vagueio descalço e despreocupado pela fria maré. A areia molhada ecoa meus passos ao suave metrônomo das marolas. Vislumbro ao longe um pequeno objeto na beira d'água.

Ao chegar, detenho-me ante a insólita imagem: um bracinho de boneca, jogado na areia, aponta o mar!

É decerto um mero pedaço de plástico. Mas no fundo percebo algo nele extremamente metafísico: um sinal apontando o além-mar, o infinito!

---

* Sir Francis Drake costumava tomar em Cartagena o *Blow me up* (Exploda-me) drink predileto dos corsários, composto por duas doses de rum, uma de gim e pólvora! (O problema é a ressaca, que, como se costuma dizer, é do tamanho do Caribe...)

> O mar, onde cada homem como num espelho vê-se a si mesmo!
> Melville

No mar

Ele sustém eternos murmúrios
Nas praias desoladas, e com suas soberbas cristas
Inunda vinte mil cavernas, até que o sortilégio
De Hécate as deixe com seu velho e assombroso som.
Muitas vezes encontra-se tão tranqüilo,
Que até a menor das conchas permanece dias imóvel
Desde o desenlace dos ventos celestiais.
Vós cujos olhos se enchem de tormento e tédio,
Regozijai-os com a imensidão do mar;
Vós cujos ouvidos estão atordoados pelo rude ruído,
Ou enfastiados pela música melosa –
Sentai-vos à boca de uma velha caverna. E meditai
Até que escuteis, como se cantassem, as ninfas do mar!
John Keats*

Thalassa! Thalassa!**
até o mar
estava
de ressaca

Mas aquele bracinho, aquele intrigante bracinho! Aguardava-me! As ondas se lhe me trouxeram! Apontando outras terras, outros mares, segredava-me a dimensão metafísica***, a amplidão do mar aberto! Pensei em meus ancestrais, valorosos homens do mar italianos (meu bisavô era capitão de navio), cuja tradição náutica remonta ao Império Romano. E eu, há tanto tempo encalacrado em terra firme! Segui em frente, procurando não pensar mais naquilo.

---

* *No mar*, de John Keats, traduzida juntamente com John Milton. *Nas invisíveis asas da poesia* (antologia de John Keats). Iluminuras.
** O MAR! O MAR! Exclamação de júbilo dos dez mil gregos que após dezesseis meses de árduo combate, conduzidos por Xenofonte, divisaram extasiados o oceano. (Anabasis, IV, 8)
*** Pascal certa vez definiu a metafísica como: "Um cego num quarto escuro procurando um gato preto que não está lá".

Marinha
As naus de prata e de cobre
As proas de aço e de prata
Batem a espuma
Levantam as raízes dos espinhos
As correntes dos charcos
E os sulcos imensos do refluxo
Fluem circularmente para o leste
Para as pilastras da floresta
Para as hastes do quebra-mar
No ângulo ferido por turbilhões de luz
                        Rimbaud*

Chegando a São Paulo, um arrepio percorreu-me a espinha quando abria o portão. Apontando a entrada de minha casa, jogado no chão, dispunha-se outro bracinho, o esquerdo!

Oceano ancestral de vagas de cristal, assemelha-te aos signos violáceos que se espalham sobre o dorso tatuado do limo
                        Lautréamont

O barco embriagado
Enquanto eu acompanhava rios impassíveis,
Não me senti mais guiado pelos rebocadores;
Índios aos berros os tomaram por alvo,
Pregando-os nus aos troncos de cores.

Não me preocupei com todas equipagens
Carregando trigo flamengo ou algodão inglês
Quando com meus rebocadores acabou a gritaria
Os rios me deixaram descer onde queria.

Através dos furiosos murmúrios das marés,
No outro inverno, mais surdo que as mentes infantis,
Eu corri! E as penínsulas desgarradas
Nunca tiveram tão triunfais algazarras.

A tempestade abençoou meus despertares marinhos
Mais leve que a rolha dancei sobre ondas

---
* *Rimbaud por ele mesmo*. Alberto Marsicano e Daniel Fresnot. Martin Claret.

Que são para as vítimas eternos redemoinhos,
Dez noites, sem lamentar o olho tolo dos faróis!

Mais doce que às crianças a carne das maçãs,
Penetra a água verde meu casco de pinho
E das manchas de vômitos e do azulado vinho
Me lava, dispersando o leme e o arpão.

Desde então mergulhei no Verso
Do mar, leitoso e de astros mesclado
Devorando os azuis verdes; onde, lívido imerso
E arrebatado, desce um pensativo afogado;

Onde, tingindo num instante os azuis, delírios
E ritmos lentos no clarão dos dias,
Mais fortes que o álcool, mais vastas que as liras,
Fermentam do amor acres rubras melancolias!

Sei de céus que estalam em raios, de tormentas
Ressacas e correntes: sei da noite e do Alvorecer
Exaltado tal o revoar de miríades de pombas.
E vi certas vezes o que o homem acreditou ver!

Vi o sol poente, manchado de horrores místicos,
Iluminando longos coágulos violetas,
Como atores de dramas muito antigos
Ondas distantes rolando arrepios de frestas!

Sonhei a verde noite de neves deslumbrantes,
Beijo afluindo aos olhos dos mares lentamente,
A circulação de seivas espantosas,
E o despertar azul amarelo dos fósforos cantantes!

Vaguei, por meses, como gado histérico,
As ondas arrebatando os recifes,
sem pensar que os luminosos pés das Marias
Pudessem cavalgar o Oceano asmático!

Atingi, como sabem, incríveis Flóridas
Mesclando às flores olhos de panteras

Com pele humana! Arco-íris tensos qual rédeas
Sob o horizonte dos mares, em glaucos rebanhos!

Vi fermentar enormes pântanos, ardis
Onde entre os juncos um Leviatã apodrece!
Despencam águas em meio a calmarias,
E horizontes aos abismos descem!

Geleiras, sóis de prata, vagas de nácar, céus de brasa!
Encalhe odioso no fundo de golfos negrumes
Onde cobras gigantes devoradas por percevejos
Caem, de tortos ramos, com negros perfumes!

Queria mostrar às crianças estas douradas
Na onda azul, estes peixes dourados, peixes cantantes
Espumas de flores embalaram minhas fugas
E inefáveis ventos me alaram por instantes

Às vezes mártir cansado dos monitores e das zonas,
O mar cujo soluço adoçava meus vagueios
Me alçou suas flores de sombra de ventosas amartelas
E eu ficava, qual mulher de joelhos...

Quase ilha, balançando em minhas margens as brigas
E os escrementos de pássaros dos olhos loiros gritando.
E eu navegava, quando através de meus tênues laços
Afogados desciam a dormir, recuando!

E eu, barco perdido sob o cabelo das angras,
Pelo furacão no éter sem pássaro lançado,
A quem os Monitores e os veleiros das Hansas
Não teriam a carcaça ébria de água resgatado;

Livre, fumando, alçado de brumas violetas,
Eu perfurava o céu rubro como o muro
Que traz o confeito doce aos bons poetas,
Liquens de sol e escarros azulados;

Que corria, manchado de lúnulas elétricas,
Prancha louca, por hipocampos negros escoltado,

Quando julho desmoronava a bastonadas
Os céus ultramarinos ardentes funilados;

Eu que tremia, ouvindo o gemer de cinqüenta léguas
O cio dos demônios e dos abismos estreitos,
Tecelão eterno das imobilidades azuladas,
Lamento a Europa dos antigos parapeitos!

Vi arquipélagos siderais! E ilhas
Cujos céus delirantes se abrem ao vogar:
É nessas noites sem fundo que dormes e te exilas
Milhão de pássaros de ouro, o futuro Vigor?

Mas, verdade, chorei muito! As auroras são magoantes.
Toda lua é atroz e todo sol é de amargar:
O acre amor me inflou de torpezas embriagantes.
Ó que minha quilha estale! Ó que eu vá ao mar!

Se desejo uma água da Europa, é o charco
Negro e frio onde no crepúsculo perfumado
Cheio de tristeza um menino agachado
Como borboleta de maio solta o tênue barco.

Não posso mais, banhado por vossos langores, ó ondas,
Lavar seus sulcos dos carregadores de algodões,
Nem atravessar o orgulho das bandeiras e das chamas,
Nem nadar sob os horríveis olhos dos pontões.

Rimbaud*

---

* Tradução de Alberto Marsicano e Daniel Fresnot.

SÃO PAULO*

Origami do abismo

> *em profundo silêncio*
> *o menino, a cotovia*
> *o branco crisântemo*
>
> Basho

Caminho pelo bairro da Liberdade (nosso Chinatown), onde encontro o simpático Jô Takahashi, catalisador cultural oriente-ocidente. À luz dourada da tarde caminho de mãos dadas com a encantadora Mary Jane e damos um pulo até o pitoresco bar Bento House**, onde degustamos uma inenarrável porção de lula à doré. Entre ideogramas multicores de neon, o sol poente esparge seus últimos raios sobre o templo Zen Sotozenshu.

Zenão da Hiléia

No Zendô, a meu lado estão o inspirado poeta Thaelman e o mestre zen Chico Handa. Começo a tocar o grande tambor (Otaikô) anunciando o início do zazen. Uma a uma, as batidas reverberam pelos vastos corredores. Cada toque ecoa profundamente, como pedras dos lendários jardins Zen reverberando pelas correntezas concêntricas de areia. Empunho o kiosaku (bastão de madeira) e lentamente, passo a passo, percorro o zendo. Num pulsar lento e vagaroso, observo minha sombra projetar-se entre as silhuetas dos monges na postura do lótus.

> Vento de outono
> a silenciosa colina
> muda me responde
>   Basho***

---

* Trilha sonora: *Cherry Blossom* (www.marsicano.tk). Trilha cinético-poético-visual: *Sendas solares* (www.popbox.hpg.ig.com.br/sendas.htm) ou link na bibliografia do site: www.marsicano.tk
** Bento House, bar emblemático japonês na Praça da Liberdade, frente ao metrô.
*** *Trilha Estreita ao Confim de Matsuo Basho*. Trad. Alberto Marsicano e Beatriz Shizuko Takenaka. Iluminuras.

Ekoando

Ao completar a volta. Sento-me junto ao venerável tambor. Ouço passos no andar de cima* e a vibração majestosa deste grande Otaikô não me saía da cabeça. Relembro a história do monge que, ao iniciar-se na seita Rinzai, recebeu o seguinte koan (enigma zen):

Conheces o estampido de uma mão batendo na outra; mas qual seria o som de uma só palma?

Durante anos a fio, o neófito recolheu todos os tipos de sonoridade sempre recebendo a negativa do mestre; até que um dia teve o insight de que o som que tanto procurava era o não-som, também conhecido como a harpa sem cordas.

> O rouxinol
> vê o mar e canta!
> Praia de Suma
>   Usishi

Zen comentários

O insight é fundamental para o assistemático, aberto e não-codificável pensamento Zen, que não admite ser enclausurado em fórmulas preestabelecidas**, que se recusa até a ser denominado religião ou filosofia.*** Certa vez, um grande mestre da arte do arranjo floral (ikebana) foi chamado ao palácio do Imperador e este, para testá-lo, mandou-lhe entregar as flores e o cântaro cheio d'água, mas prudentemente ocultou-lhe o grampo de metal (kenzan) que suportaria o arranjo no fundo do vaso. O mestre concentrou-se profundamente e, após retirar todas as pétalas do ramalhete, lançou-as na água num gesto rápido e solene.

> Conchinhas e pétalas
> dançando misturadas
> rolando nas ondas****
>   Basho*****

---

* Não havia ninguém no andar de cima naquela noite.
** As artes da caligrafia (Shodo), da pintura (Sumiê) e da espada (Kendo) não admitem correções.
*** É lendária a história dos monges zen que no rigor do inverno atearam fogo à sagrada estátua do Buda para se aquecer. Um mestre da seita Sotozen certa vez ateou fogo a um templo-biblioteca que guardava milhares de koans, pois julgara que esses aforismos enigmáticos atrapalhavam mais que ajudavam.
**** Nami no ma ya // kogai ni majiru // hagi no chiri
***** *Haikai* (antologia da poesia clássica japonesa). Trad. Alberto Marsicano. Ed. Oriento-Japan Foundation.

Myamoto Musashi, o maior espadachim japonês de todos os tempos, certa vez comia tranqüilamente o arroz, quando foi traiçoeiramente cercado por um grupo de samurais. Embora ameaçado de morte, Musashi continuou calmamente sua refeição e a certo momento capturou com os hashi (pauzinhos) um mosquito em pleno vôo. Os samurais atônitos fugiram então como um raio!

Ronin
mar de nácar
céu marfim

O poeta Shiki, contemplando os maravilhosos fogos de artifício numa noite de céu estrelado, compôs o seguinte haikai:

fogos de artifício terminaram
se foram os espectadores
ah! O vasto espaço!*

Quando o desafiaram a escrever outro poema que desse seqüência ao primeiro (que já dissera tudo), Shiki num "insight" totalmente zen escreve:

solidão
após os fogos de artifício
uma estrela cadente!**

Um monge chega a um singelo mosteiro Zen interiorano, localizado numa distante montanha. Diz ao mestre que gostaria de praticar o zen naquele remoto lugar.
– De que mosteiro vieste? – pergunta-lhe o mestre.
– Do famoso mosteiro Eiji, fundado pelo célebre Dogen.***
– E o que aprendeste lá?
O monge senta-se em lótus e permanece por três dias imóvel nesta posição.
O mestre então cutuca-lhe as costas dizendo:
– Pode ir embora, pois já temos muitos Budas de madeira por aqui!

---

* Hitokaeru // hanabino ato no // kuraki kana
** *sabishisa ya // hanabino ato no // hoshi no tobo*
*** Dogen é o fundador da linhagem Sotozen.

imóvel
a rã firma
as montanhas*
Issa

Perguntaram a Seshu:
– Mestre, onde está o Caminho?
– O caminho passa lá fora junto à cerca...
– Mestre, nos referimos ao Grande Caminho!
– Este caminho vai até a Capital!

cansado na estrada
ao procurar abrigo
vi a glicínia

Dois monges discutiam ao ver um estandarte sob a forte ventania.
– A bandeira está tremulando – afirmou um deles.
– Não é a bandeira que tremula mas sim o vento – retrucou o outro.
– Estás enganado, é a bandeira que tremula – insistiu o primeiro.
Nisso chega o mestre, e eles lhe indagam:
– É o vento ou a bandeira que tremula?
E o mestre responde:
– A mente de vocês é que está tremulando!**

amiga do vento
a lua solitária
rola no céu***
Boncho

se oculta
no azul
a cotovia****
Rikuto

se oculta

---

* Yuzen // toshite yama wo miru // kawazu kana
** O grande mestre e catalisador culural Jô Takahashi certa vez alertou-me sobre a importância da heráldica japonesa, em que signos emblemáticos precisos são impressos nos estandartes.
*** fuku kaze no // aite ya sora ni // tsuki hitotsu
**** kuma mo naki // sora ni kakururu // hibari kana

o vagalume
em meio à lua*
    Ryota

Zen it!

Percorro o solene espaço do Zendo. Uma atmosfera de rara tranqüilidade caída do céu como o orvalho envolve o local. Após alguns toques no grande Otaiko e uma forte batida na superfície de madeira do Han, marco o término do zazen com a reverberação do sino. Ao atravessar os portais do templo, saúdo com o gassho-monjin o monge Tiba San. No alto, sobre os arranha-céus da Liberdade, brilha fulgurante a lua cheia de maio.

AUF WIEDER ZEN!

MIAMI

Aeroporto internacional de Miami. Milhares de estudantes em férias, crianças rumo à Disneylândia, rumbeiros cubanos, surfistas cariocas, chicanos esperançosos, escandinavos branquelos, traficantes colombianos, rastas jamaicanos, japoneses fotografando, argentinos de nariz empinado, indígenas bolivianos, freiras católicas, a Orquestra Sinfônica do Panamá, vodûistas haitianos, santeros & paleros cubanos, negões caribenhos de camisa florida, executivos apressados e franco-atiradores em geral emergem dos lisérgicos tubos de plástico em hordas e hordas que desembocam no gigantesco saguão da aduana e imigração. Com essa onda de terrorismo tudo é estritamente monitorado por milhares de câmeras, pelotões de policiais e agentes à paisana. Por falar nisso, veio-me à cabeça o aeroporto de Frankfurt, onde fui revistado por uma belíssima policial feminina loura, toda pintada e maquiada, portando uma metralhadora Kalashnikov.

Em meio à multidão, destaca-se o esotérico picareta Walter Mercado (Ligue-Djá) ostentando um grande turbante branco e um paletó

---

* owarete wa // tsuki ni kakururu // hotaru kana

lilás. Um gaúcho que morria de medo de avião encheu a cara durante o vôo e entra no hall tal como nos filmes americanos: carregado por dois policiais. Houvera uma denúncia de narcotráfico e atentado a bomba; o local está em alerta vermelho. Após o "Onze de Setembro" a paranóia é geral. Todas as bagagens são minuciosamente revistadas. Na interminável fila para o visto de entrada, encontra-se à minha frente um cabra nordestino que pelo linguajar noto que é cearense e economizara durante cinco anos para realizar seu grande sonho: conhecer os Estados Unidos e as cinematográficas louraças.

Quando sua sacola é aberta, o aduaneiro retira intrigado um tijolo branco embrulhado em plástico transparente. Julgando ser cocaína prensada faz um sinal aos guardas que imediatamente algemam e revistam nosso peculiar conterrâneo. O agente, segurando o suspeito objeto pela ponta do saco plástico, desconfiado pergunta-lhe:

– Senhor, que é isso?
– *It is a Subway!* – responde incisivo o nordestino.
– A *"Subway"*???

O alfandegário, numa sonora gargalhada, mostra o embrulho aos guardas proclamando em júbilo:

– Pessoal! *"This is a Subway"!*

Todos riem (principalmente um grupo de argentinos metidos a besta). Tive vontade de esconder-me debaixo da esteira rolante. Mas toda celeuma fora causada por um inocente pedaço de sabão de coco. Para infelicidade de nosso peculiar cearense, esse produto é praticamente desconhecido nos Estados Unidos. Após tudo ser esclarecido e o polêmico sabão ser apreendido para verificação posterior, acabei tomando um geladíssimo Banana Daikiri no bar do aeroporto com o simpático cabra-da-peste (que por sinal lembrava o cantor Falcão). Após várias doses do excelente rum jamaicano, segreda-me que há seis meses fazia o curso "Aprenda Inglês Dormindo".*

---

* "Hipnopédia – Aprenda Inglês Dormindo" é um método polêmico e de resultados duvidosos que consiste em colocar um alto-falante debaixo do travesseiro acoplado ao toca-fitas. Acredita-se que, durante o sono, a língua estrangeira passa sutilmente ao subconsciente do futuro poliglota. Soube de um casal que se separou definitivamente quando o marido, especialista em comércio internacional, começou a praticar todas as madrugadas o "Aprenda Hebraico Dormindo". Tinha um amigo que fazia há mais de um ano o "Aprenda Espanhol Dormindo". Ao perguntar-lhe se ele já estava dominando o castelhano, ele respondeu-me: "Não, mas sonho todas as noites com o Julio Iglesias..."

SÃO PAULO*

lua cheia
na noite
vazia

Chego à casa do Poeta Haroldo de Campos, um sobrado no tranqüilo e residencial bairro de Perdizes. Em meio à sala cercada por milhares de livros e pinturas, Haroldo, profético e bem-falante como sempre, disserta num caleidoscópio avassalador de imagens e insights literários que transitam da poesia clássica chinesa à arte holográfica**. Comenta numa sonora gargalhada que Décio Pignatari definira o *Grande Sertão: Veredas* de Guimarães Rosa como "O Grande Romance Gay" da literatura brasileira e que García Márquez seria o Jorge Amado colombiano.

Nesta pequena sala onde paira suspensa uma aura de sutil sortilégio, havia passado instantes inesquecíveis, como quando recebíamos a visita de Emir Monegal, personagem*** e amigo pessoal de Jorge Luis Borges, um dos mais importantes luminares da literatura latino-americana. Na memorável noite, Haroldo regalara-nos com a audição inaudita de uma fita cassete, gravada nesta mesma sala por Julio Cortázar**** na década de 70.

---

* Trilha sonora (www.marsicano.tk) – *Sitar & Galáxias* (Marsicano – Haroldo de Campos).
** No avião rumo a Belo Horizonte, onde lançaríamos o CD *Isto não é um livro de viagem*, que graváramos juntos, discutíamos a teoria do lingüista americano Benjamim Whorf (que decifrara o código numérico dos Mayas) que pressupõe o pensamento de um povo condicionado por sua linguagem. Haroldo teve um genial insight nas alturas azuladas, revelando-me que atrás de toda linguagem plasma-se o pensamento puro, código mental que permite a telepatas de línguas diferentes comunicar-se. Seria precisamente esse pensamento puro (denominado "logopéia" por Pound) que o verdadeiro tradutor deve desvelar sob a superfície da linguagem, para através dele operar a transcriação poética. O pai do futurismo russo, Klébnikov, introduz na poesia o conceito de "linguagem transmental" por ele apreendida com os xamãs siberianos. Haroldo de Campos dedicou-me o poema "Pré Haikai para Marsicano" em seu antológico livro Crisâtempo:
"Num relâmpago / O tigre / Atrás da / Corça / (isso / disse / Sousândrade) / ou: / tiro / nas / lebres de / vidro / do / invisível / (Cabral / falou) / assim a / multi- / mínima / arte do / hai- / cai / -basho buson issa / (& outros ou- / tros) a / (vôoflor) / borboleta / e o ramo / onde ela / pousa."
// Sobre Haroldo de Campos (writings) e Knorosov e o Enigma da Escrita Maya (beyond) em: www.marsicano.tk
*** O literato Raul Ficker foi retratado de maneira caricatural, satírica e inadequada por uma pretensa escritora paulista, que transformou em conto a reunião que tivera com ele e um grupo de amigos. Pouco após a publicação do livro, Raul encontrou-a num restaurante e partiu pra cima dela pedindo satisfações. Ela assustada saiu correndo gritando: Socorro! Tem um personagem meu me perseguindo!
**** Certa vez em Paris, junto ao poeta Pedro de Moraes, toquei o interfone do apartamento onde Cortázar morava (Haroldo dera-me o endereço). Infelizmente ele não estava, mas no muro do prédio via-se grafitado: *Aqui Habita la Poesia.*

quanto cumprimento o genial Ivan Campos e a simpática Carinda-nos com inúmeros cálices de vinho do porto, toca a campainha e surgem os cineastas Julio Bressane e Walter Hugo Khoury, acompanhados do inspirado crítico e poeta vanguardista paulistano Regis Bonvicino. Chamando a atenção de todos, Khouri coloca todo prosa o vídeo de um de seus filmes, e como este demora muito para entrar, apresentando uma interminável ponta preta de mais de quinze minutos, Julinho faz o inspirado comentário:

– Deve ser o *Noite Vazia*.*

Inicia-se então uma animada conversa sobre o cinema japonês de Ozu e Kaneto Shindo. Khouri cita a antológica série de três filmes *A Espada Diabólica*, que narra a trajetória de um samurai cego, deixando Julinho com água na boca, pois esse tipo de filme era apenas apresentado por aqui no bairro da Liberdade em lendários cinemas como o Niterói. Regis começa a discorrer sobre o realismo italiano e Walter Hugo Khoury, trajando um collant negro e um grande medalhão de ouro, aproveita a deixa para narrar o curioso episódio que passara com o cineasta italiano Antonioni:

Este mestre da sétima arte visitava São Paulo e Walter Hugo Khoury (conhecido como "O Antonioni Brasileiro") ciceroneava-o animadamente pela cidade. Numa tarde ensolarada de outono, perambulavam pela avenida Paulista, quando Antonioni interessou-se em assistir a um filme que estava passando no Cine Gazeta. Após a sessão, ao saírem do cinema, Antonioni repentinamente desapareceu. Numa cena totalmente antonioniana, Khoury olhando para todos os lados, cercado por centenas de estudantes do Curso Objetivo, tentava em vão encontrá-lo. A certo momento, Khoury, desesperado, pergunta a um atônito grupo de vestibulandos:

– Vocês viram o Antonioni por aí?

HUAUTLA (México)**

Tomei com Saulo Andrade, aluno de cítara que acabara de voltar do México, o cogumelo Huautla. Ele queria ter uma aula "especial". O efeito eclodiu cogumélico qual bomba nuclear: corri pro chuveiro e em

---

* Noite Vazia (1962), de forte cunho existencialista, é o primeiro filme de Walter Hugo Khoury.
** Trilha sonora (www.emusic.com/album/10943/10943058.html)
Trilha Visual (www.youtube.com/watch?v=Hhm5vviChnE)

meio a gotas prateadas metálicas vislumbrava os reflexos prismáticos do sol da manhã nos multicores vitrais. Disse pro Saulo, que fazia geniais variações sobre o Raga Bhupali num violão *folk*:
– Cara, não tem condições de aula, vamos até um bar perto daqui.

Os transinfinitos

Manhã típica de sábado; céu azul brilhante, crianças brincando, pássaros gorjeando, etc. No boteco sentamos numa mesinha e aí começou um papo tresloucado com aqueles assuntos costumeiros de viagem psicodélica, girando em torno das questões "tempo e espaço".

Estávamos completamente; via tudo em 3D e mirando o céu azul lembrei-me do conceito de *"Apeiron"* (O Ilimitado) utilizado pelo filósofo grego pré-socrático Anaximandro para definir o Universo. Era uma verdadeira aula de filosofia clássica peripatética, mas na versão Huautla.

Enquanto o aluno viajava no conceito de "Ilimitado", cortei-lhe a onda pontuando que os gregos não gostavam de conceber o universo como ilimitado, pois se o cosmos é a soma interativa de todas as energias, estas não poderiam estar dispersas no vago e informe *"Apeiron"*. Tanto Platão como Aristóteles conceberam o Cosmo como Esférico.

Contemplamos a campânula anil do céu azul e Saulo entrou no Instant Satori.

Mas o portuga no balcão acompanhava invocadíssimo a cena.

Nesse instante canalizei na minha mente um som indígena, um *hicaro* que pegava fundo. Comecei a cantá-lo batucando a mesa como um maracá indígena.

O cântico exorcizou tudo!

O portuga chega até nós e diz:
– Mas que puta som!

Aproveitei pra pedir mais duas caipirinhas (limão e coco) e uma cerveja pra dar uma "baixada" no efeito.

Semanas depois voltei ao local, e tanto o portuga como os funcionários, de olhos arregalados, revelaram-me que enquanto lá estávamos efeitos paranormais haviam ocorrido no boteco.

ESTOCOLMO

Estocolmo exibia um denso, sinistro e plúmbeo céu gris. As pessoas encapotadas corriam lépidas pelas ruas fustigadas pelas rajadas cortantes de mais de quarenta graus negativos. Aqui o sol apenas dá o ar de sua graça pelas onze da manhã, acena um pequeno alô e põe-se às duas da tarde. Realmente não é fácil sair de uma quentinha & aconchegante estação de metrô e enfrentar este verdadeiro "efeito picolé". A pele do rosto dói, as pernas bambeiam, os membros fremem e os dentes tiritam. Dirigia-me ao consulado brasileiro para trocar o passaporte e tentar arrumar alguma apresentação nos países nórdicos. Enquanto espero a adida cultural, bato papo com Giba, um ipanemense taciturno e depressivo (não dá pra tipificar as pessoas)* que insistia em afirmar que como paulista eu estaria "mais preparado" pra encarar esse gelo. Nosso "Menino do Rio" estava na maior deprê, pois abandonara o *swingin'* "Rio Quarenta Graus" em pleno verão após o rompimento com a noiva e, desolado, comprara uma passagem só de ida para Estocolmo.

Estou calmo
em
Estocolmo

Chega a adida cultural, uma exuberante e peituda carioca num sensualíssimo collant negro, que me segrega para ajudá-lo pois não sabia uma palavra de inglês. Em Gamla Stan, acabamos por entrar na lendária cervejaria Engelen "O Anjo"**, a mais tradicional da cidade (dica da adida). Centenas de imensos e troncudos vikings empunhando grandes canecas do dourado e espumante néctar entoavam canções medievais associadas à cerveja e ao alegre estado etílico.

Degusto várias e imbatíveis douradas Stor Stark Öl e Giba, já animadão, esquece por completo a noiva e começa a encher a cara de aquavit (poderoso destilado nórdico). Lá pela uma da madruga, passa dos limites denegrindo Estocolmo e cantando em altos brados "Cidade Maravilhosa". O estabelecimento cerrava as portas e fomos rispidamente

---
* Encontrar um ipanemense introspectivo, mal-humorado e taciturno é coisa tão rara, que me lembrou o final do Congresso Internacional de Psicanálise, onde, para surpresa de todos, o mentor apresentou um verdadeiro fenômeno no mundo psicanalítico: um argentino com "complexo de inferioridade"!
** Cervejaria Engelen "O Anjo", em Gamla Stan (parte antiga de Estocolmo), foi fundada há 753 anos. Rua Kornnhamnstorg 596 – Estocolmo.

convidados a nos retirar, pois lá não existe o "jeitinho brasileiro" nem as intermináveis saideiras. Abandonamos o local brindados por um violento choque térmico. Verdadeiras e contundentes agulhadas na pele! A temperatura da gélida madrugada sueca ultrapassa os 45 graus negativos! Em meio a este clima siberiano nosso peculiar carioca tem a brilhante idéia de "dar uma mijada". Adverti-lhe que era perigoso, mas ele, desesperado, desabafou em ipanemês:

– Meu irmão, não agüento mais, vai ser aqui mesmo!

Mas como lhe avisara, assim que começou a urinar, seu membro repentinamente congelou. Nestas regiões próximas ao círculo polar ártico, existem inúmeras pessoas sem orelha, nariz ou dedos, pois estes quebram e gangrenam com o frio. Voltamos rapidamente à cervejaria, onde o atencioso proprietário chamou urgente a ambulância.

Dentro da UTI móvel que deslizava em alta velocidade, o ipanemense, deitado, não parava de exclamar:

– Que fria, meu irmão! Que tremenda fria!

Chegando ao hospital fomos logo atendidos, e nosso conterrâneo esperava ansioso o diagnóstico. Segredou-me que não pensava noutra coisa senão voltar no dia seguinte ao calor dionisíaco das praias cariocas e às ensolaradas "costas sexuais do Brasil" (assim definidas por Oswald de Andrade). Mas a enfermeira já havia comentado que ele ficaria por lá pelo menos uma semana em observação. Nisso chega o médico plantonista, um sueco de mais de dois metros de avental branco, empunhando solenemente o relatório dos exames. Revela-me num inglês impecável que o caso não era grave e em menos de três dias Giba estaria plenamente curado. O carioca, com os olhos arregalados, preocupado e suando frio, pergunta-me:

– Meu irmão, o que ele disse?

– Pode ir se preparando, Giba, o doutor falou que você vai ter de ficar cinco anos sem trepar!

SÃO PAULO

Secretaria Municipal de Cultura. Aguardo a vez de entregar um projeto para tocar num evento promovido pela Secretaria Municipal de Cultura.

Sou finalmente chamado e, ao entrar, noto que um cover de Elvis Presley paramentado a caráter está sendo atendido. Balofo de costeletas, espelha o Rei do Rock em sua última fase. Sento-me a seu lado, e o coordenador, após analisar o portfólio, exclama:

– Seu curriculum está fraco, mas noto que gravou nos Estados Unidos o CD *Live in San Francisco*. Sensacional! Voce teria um exemplar?

O Elvis, todo prosa, entrega-lhe o disco em que aparece a caráter na capa fazendo o "V" da vitória, tendo ao fundo a imponente Golden Gate.

– Pera lá! – exclamou pasmo o coordenador –, sou da baixada santista e conheço bem a paisagem. Essa aí não é a lendária Golden Gate de São Francisco, mas a Ponte Pênsil de São Vicente!!!

– A Ponte Pênsil também é cover da Golden Gate – tenta explicar-se nosso Elvis tupiniquim num sorriso amarelo.

BARCELONA

Através das ruelas medievais do Barrio Gótico (por aqui vagueou Jean Genet) subo a pequena escada de acesso ao ateliê de minha amiga Sarita, uma performer e pintora vanguardista catalã. Sob a forte borrasca entramos em seu carrinho Seat rumo a um ponto temático nos arredores de Barceloca. Sarita convenceu-me a visitar neste domingo frio e chuvoso o Parque dos Leões, versão local do Simba Safári que conhecera quando criança em São Paulo.

O parque dos leões de Barcelona

Após cruzarmos os portais art nouveau do parque, deparamos com dois gigantescos búfalos e algo parecido com um avestruz. Nunca gostei de bichos ou zoológicos, mas ela, rindo como uma criança, após estourar um beck de puro Nepal Black, estava adorando o passeio.

Fomos advertidos por um funcionário que, ao entrar no setor dos animais selvagens, teríamos de fechar as janelas, deixando apenas um espaço de 25 centímetros para respiração. Chovia muito e a espanholita alucinada começou a fazer uma série de manobras radicais derrapando em meio às feras. Sentia-me num autêntico safári selvagem no Parque Nacional dos Leões no Quênia, guardadas as devidas proporções.

Um enorme elefante acercou-se de nós e inseriu a tromba pela fresta da janela de Sarita. Ela, apavorada, fechou rapidamente o vidro, e acabou por prender a tromba do animal. Este, guinchando revoltado, começou a dar violentos chutes na porta num sonoro estrondo. Sarita chapada gritava em desespero vendo seu carro ser completamente amassado. O Seat sacudia pra todo lado sob os fortes golpes, ameaçando virar. Nisso chegam os funcionários que afugentam o paquiderme e conduzem-nos ao escritório central. Como ela estava muito estressada, o diretor gentilmente oferece-nos várias doses do excelente conhaque espanhol.

Aquecidos pelo cálido e suave néctar, voltamos no crepúsculo a Barça pela moderna autovia que, encharcada, reluzia como um espelho. A neblina e a chuva tornavam precária a visibilidade e, para piorar, o pára-brisa estava avariado. Passamos por um enorme engavetamento do qual vários carros tentavam escapar em alta velocidade para evitar a pesada multa (pela lei espanhola, o carro de trás paga o da frente). A polícia rodoviária, tentando pegar os fugitivos, fazia uma blitz e fomos obrigados a parar.

O policial, vendo nosso carro todo amassado, exclamou:

– Muito bonito, fugindo do engavetamento, não é?

Sarita prontamente interpelou-o, com seu porte irado de gitana brava:

– De maneira alguma!

– Então quem foi que fez todo esse estrago no carro?

– Foi um elefante! – respondeu Sarita.

– Um elefante??? Bem, pelo jeito deve estar completamente embriagada, vou buscar o bafômetro!

Havíamos tomado inúmeros conhaques, e o policial, vendo os parâmetros do aparelho, desabafou:

– Bem, parece que a senhorita tem um pouco de sangue em seu álcool...

Mas felizmente tirei do bolso o cartão de visita do diretor do Parque dos Leões e com um simples telefonema este explicou ao guarda a delicada situação que passáramos e tudo se dissipou num passe de mágica.

RIO DAS OSTRAS

Suave é a noite
JOHN KEATS

Rio das Ostras, praia paradisíaca ao lado de Búzios, sem o charme e a badalação internacional de sua célebre vizinha, mas local predileto de uma moçada alegre, animada e underground. Felizmente, aqui os preços não são salgados e dolarizados como lá e a filosofia local predominante é o ostracismo. Por falar nisso, conheci certa vez um cara cuja filosofia de vida resumia-se em "Uma mina, uma pizza e... Santos!". Românticos casais de mãos dadas perambulam lentamente pela praia à luz lânguida e dourada da tarde.

Nesta espécie de Itanhaém carioca, chego numa van com meu grupo, o Marsicano Sitar Experience (Rock Psicodélico), para uma apresentação ao ar livre programada para o cair da tarde. O palco começa a ser montado na beira do mar e um caminhão munido de um poderoso gerador elétrico está sendo conectado aos amplificadores e refletores de luz.

Almoçamos num simpático restaurante frente ao mar, onde o dono, ostentando um solene lenço de pirata na cabeça, serve-nos um inenarrável peixe frito com cebola empanada regado a imbatíveis batidas de lima da pérsia e muita cerveja gelada. Comenta que a receita caribenha teria sido criada pelo lendário Capitão Morgan, que, além de célebre bucaneiro, dedicara-se à gastronomia *fusion*.

Ao longe, os técnicos começam a testar o som. Fomos advertidos sobre a responsa do show, pois inúmeros cartazes (com nossa foto psicodélica) haviam sido espalhados pela cidade, Cabo Frio e Búzios, onde acabara de atracar um grande transatlântico da linha "C" e centenas de passageiros internacionais provavelmente afluiriam ao evento.

Crepúsculo cinematográfico em Rio das Ostras: os matizes róseo-alaranjados das nuvens incandescem o dourado majestoso do sol que tangencia o lilás acetinado do vasto oceano. No palco, dezenas de spots multicores arrojam seu espectro de luz sobre os instrumentos e o tapete indiano. A praia começa a lotar, e gatas exuberantes de toda parte do mundo mesclam-se aos nativos, caiçaras e crianças, ansiosos por apreciar nosso sitar-acid-jazz-rock experimental.

Marsicano Sitar Experience

Começamos com "Fire", "Waterfall", "Cherokee Mist", "Purple Haze", "Voodoo Child", "Third Stone From The Sun", de Jimi Hendrix, passando por "In-A-Gadda-da-Vida", de Iron Butterfly, e encerrando com "A Love Supreme", de John Coltrane. A praia ressoa como uma imensa concha acústica e a galera sentada na areia delira numa sonora ovação pedindo bis. Voltamos com Coltrane: o baixo preciso de Sam Cósmico é pontuado pelas vigorosas pegadas-relógio da batera de Rodrigo Vitali. O doce abissal pontilhava a cena insólita. Minha cítara eletrificada emana campos etéreo-cromático-musicais que se espargem alucinados das dezoito cordas.

Mas "Suave é a noite": o céu escurecia, tingindo-se num azul ultramarino profundo e constelado. A maré subira e as ondas arrebatavam-se a meu lado estourando nas bordas do palco. Sentia o respingo das grandes massas de espuma e água salgada arrebatando-se no tablado de madeira.

Com um elétrico acorde encerro o show e o pessoal em delírio acerca-se de nós. Enquanto tento parabenizar Rodrigo e Sam pela belíssima performance, um negão ostentando uma vasta cabeleira blackpower e guias de umbanda vem entusiasmado cumprimentar-me, che-

gando pelo mar com a água na cintura. Assim que lhe toquei a mão num forte aperto, os quinze mil watts de potência que estavam plugados no palco percorrem num arrepio minha coluna dorsal. O negão na água salgada constituía-se num perfeito fio terra! Levei um tremendo choque! O cabelo black-power de nosso amigo empina-se num relance, lembrando o empresário de boxe americano Don King. Recuperando-se da intensa descarga elétrica, ele exclama em êxtase:
– Pessoal! Esse cara é magnético!*

CD *Sitar Hendrix* – da banda paulistana Marsicano Sitar Exp – gravadora Sonic Wave (USA) de Illinois (do pessoal do Faith No More): www.emusic.com/album/10943/10943058.html
O CD *Sitar Hendrix* recebeu a indicação para o Grammy
www.sonicwaveintl.com/grammyad.html
www.emusic.com/album/10943/10943058.html
aol.musicnow.com/az/album.jhtml?id=5694123#
www.rhapsody.com/triomarsicano
www.sonicwaveintl.com/grammyad.html
DVD *Sitar Hendrix Voodoo Chile* (youtube)
www.youtube.com/watch?v=J6n8j7Lyx3M

SÃO PAULO

> *Per me si va nella città dolente;*
> *per me si va nell'eterno dolore;*
> *per me si va tra ala perduta gente.*
>
> Dante, A divina comédia, Inferno, Canto III

Sou apresentado a Pier Luigi, pintor abstracionista de vanguarda italiano. Cara cultíssimo e simpático, num linguajar castiço e florentino (aquele do Dante) comenta as últimas fofocas da vanguarda européia.

---

* Norbert O'Brien, atingido em Minnesota por um raio, ficou paralisado do lado esquerdo. Dois anos depois, um segundo raio paralisou-o da cintura para baixo. Em 1991 um terceiro raio acabou por fulminá-lo de vez. Mas nem assim O'Brien escapou de sua elétrica sina. Pouco após sua morte, um violento raio atingiu o cemitério de Minneapolis, calcinando completamente sua cripta.

Um agradável papo que trafegava da Bienal de Veneza aos clássicos florentinos regado a muito vinho Chianti e saborosos crostinis. Ao lhe perguntar se conhecia bem Florença, interpelou-me:

– Tá me gozando? "Nasci de frente para o Renascimento"!

Comentou que recentemente na região de Marsico nos Abruzzi (mar Adriático) teria sido encontrado o "homem mais antigo da Itália". Esta múmia pré-histórica fora denominada "L'Uomo Marsicano". A família Marsicano seria portanto a mais tradicional e emblemática da península e os valorosos Marsicanos (*I bravi Marsicani*), já em pleno neolítico, estariam pegando mamutes à unha...*

Como não tinha lugar para ficar, ofereci-lhe um quarto no fundo de minha casa em Pinheiros. Todo tatuado, trajando a galante e solene fashion dark hardcore italiana (algo totalmente oposto a yuppie de Milão), Pier Luigi ficava pouco em casa, recebendo apenas a visita de um mal-encarado amigo calabrês que nem me cumprimentava. Certa manhã de domingo, acordei com fortes estrondos metálicos. Era Pier Luigi, travadão, gritando e arremessando ferozmente latas de tinta a uma grande tela estendida no quintal, numa selvagem *action painting* à italiana. A vizinhança assustada monitorava de longe o espetáculo.

Rebeldades

Pier Luigi lembrava-me uma conhecida pintora surrealista que tinha um ateliê em frente ao cemitério da Consolação. Ponto favorito da nata da aristocracia underground; artistas plásticos, cineastas, jornalistas desempregados, emos, poetas, grupos de deathmetal, punks, grafiteiros, hardcores, andróginos, boêmios, botocudos de piercing, meliantes, anarquistas, manos rap, traficantes, skins e aristocracia gótica, o local tinha uma decoração sinistra composta por macabras peças de mármore, lápides e estátuas roubadas do vizinho campo-santo. Era época da Bienal de São Paulo e vários eminentes pintores internacionais estavam lá hospedados. A coisa funcionava disparada 24 horas num entra-e-sai de gente estranha numa orgia contínua. A vizinhança, não agüentando mais tanta loucura e barulho, acabou por chamar a polícia. Chega um verdadeiro contingente militar ao ateliê e os policiais estupefatos com tanta bizarria, olhando pasmos uma cuba de vidro com um feto huma-

---

* *In Itália è stata trovata uma mummia che rimonta allo período neolítico Che puo essere considerato il Pio Ântico Uomo Italiano; questa mummia che si trova nei Abruzzi (Regione di Marsico) è stata nominata "L'Uomo Marsicano". I bravi Marsicani ci trovanno ormai in pieno neolítico prendendo al vuolo mammut e questa Famiglia Marsicano puo essere addirittura considerata la pio Tradizionale, Ancestrale e Antica D'Italia.*

no disforme, não viam um grande tijolo de cocaína prensada que estava ao lado (pura Gesthalt). Com os olhos pasmos e fixos numa caixa que continha uma coleção de enormes e peludas aranhas caranguejeiras, não notavam um saco de maconha anexo às simpáticas criaturas. A certo ponto, o capitão, irritado, exclama a seus comandados:

– Não acharam nada? Não é possível, pois recebemos inúmeras denúncias!

Como todos olhavam para um grande armário, ele desconfiado adverte:

– Tem algo suspeito neste armário!

Abrindo a porta num relance, o oficial depara com um pintor australiano fazendo ioga de ponta-cabeça e assustado exclama:

– Pessoal, vamos embora!

Abstracionismo

Era freqüente Pier Luigi, devoto radical do budismo tibetano Bompo, despedir-se repentinamente dizendo que estava de partida ao Nepal e Goa (antiga Índia portuguesa) e regressar em poucos dias. Achava estranho, mas afinal, a vida dos artistas internacionais é assim mesmo. Tudo ia bem, até que um dia, uma amiga da *Folha de São Paulo* alertou-me:

– Você não sabe o risco que corre: Pier Luigi é membro da máfia calabresa ('Ndrangheta*), é ligado ao tráfico internacional de cocaína ao Oriente, além de ter aprontado uma feia com os mafiosos sicilianos. Pra piorar as coisas, está foragido na América do Sul, pois esfaqueou uma importante crítica de arte do jornal *Corrieri Della Sera* que escrevera uma contundente crítica a seu trabalho. Resumindo: Giancarlo, além de perseguido pela máfia siciliana, estaria sendo procurado pela Interpol.

A gira abissal

Ele chega todo sorridente e lampeiro da Índia e aproveito para dar-lhe uma dura e esclarecer as coisas. O vanguardista italiano segreda-me então que está correndo alto risco de vida e para ele não existe mais lugar seguro no mundo!

---

* A 'Ndrangheta é uma poderosa organização mafiosa de altíssima periculosidade da Calábria. Seu nome provém do grego, *andragatia* (coragem, virilidade). Estrutura-se em famílias (ndrine) de forma análoga à máfia siciliana e à camorra campana.

Toca a campainha e aparece um antigo amigo, poeta *avant-garde* e pai-de-santo, poderoso médium umbandista. Vamos até um pequeno quarto no porão onde ele incorpora o Caboclo Ubirajara. Enquanto seguro a gira, Pier Luigi desabafa à entidade indígena o sufoco e o perigo de que padece. Esta limpa-lhe o corpo com uma série de passes, dizendo que ele estaria muito carregado e os "rituais iniciáticos" que fizera no Nepal com os temidos "Capuchinhos Negros" haviam piorado a coisa. Nisso incorpora o Exu Capa Preta, que não estava para brincadeira: atirando violentamente uma garrafa de pinga à parede (verdadeira *action painting* do abismo), aperta com a mão sangrante uma lâmpada pendurada que explode entre enormes faíscas elétricas. No escuro absoluto, ouço o grito seco de Pier Luigi e o Exu, em meio à completa treva, gargalha exclamando:

– Vocês pensam que são macumbeiros? Agora "güentem"!

Acaba a gira, subo com o italiano até o quarto e pergunto-lhe:

– Cara, me diz o que está acontecendo?

Ele pausadamente desabafa:

– Bem, em primeiro lugar nem me chamo Pier Luigi!

Ashara
Céu estrelado
Sobre o Sahara

Ashara
Dark vórtex
O coração dispara

Cimeries e Ashara

Ashara
Marmórea vaga
Negra cintilância
No mar abissal

BRASÍLIA*

> *Se os extraterrestres aqui chegassem, ririam*
> *de nossa ciência mas não de um Van Gogh.*
>
> Jean Cocteau

Brasília e São Paulo; cidades estratégicas do Terceiro Milênio! Destes chacras terrestres aflorarão as diretrizes que orientarão uma futura civilização. As chamadas "crianças rubi"** com aura púrpura de intensa vibração estão aqui encarnando.

O vórtex sideral

Cinco pessoas de branco sentadas em círculo na sala inteiramente branca. A mentora entra em transe e uma forte energia envolve-nos. Sinto um forte raio dourado irradiando minha espinha dorsal envolto em luz branca.

A sexta frota

Singrar o espaço interestelar a vinte mil quilômetros por hora numa velocidade sequer imaginada por nossa ciência. Atenção, leitor: nada nestas *Crônicas Marsicanas* é ficção***. Não tenho de dar satisfação a ninguém, e desdenho dessa cultura obsoleta que cairá neste século como

---

* Trilha sonora: *Spasitar* em www.marsicano.tk
** Também estão chegando desde 1980 as crianças índigo e cristal.
*** Os escritores de ficção científica no Brasil não emplacam pois insistem em produzir coisas do tipo: "A nave interestelar levitava volátil na velocidade da luz sobre o oceano de plasma, quando então o 'Comandante Barbosa'..."

um castelo de cartas. Escrevo aos verdadeiros poetas, visionários & iniciados, pois é nosso o futuro!

Os volitores

No interior da nave inexiste o clichê que infesta os filmes de Sci-Fi: janelas panorâmicas onde se contempla o firmamento constelado. Nesta velocidade, apenas vê-se um negro absoluto, intenso e profundo!

Os discos voadores, "volitores" ou "fusovolantes"como os denomina a humanidade do espaço (o conceito de humanidade transcende em muito a Terra), fruto da avançada arte-ciência sideral, cruzam o espaço utilizando a energia etérea que permeia o Cosmo e a lei da atração e repulsão magnética. A força gravitacional, como toda força, é bipolar e os cientistas do espaço já há muito aprenderam a controlá-la. Para decolar, aciona-se a repulsão gravitacional e para viajar a outro planeta intensifica-se o poder de atração gravitacional deste, aumentando-se a velocidade. A energia etérea pode também ser transmitida a partir de bases geradoras no solo. Nicolas Tesla, o genial inventor da corrente alternada e da lâmpada fluorescente, chegou a criar no início do século XX um sistema de cúpulas geodésicas que transmitiam energia elétrica pelo ar. O sistema foi abafado e abandonado por ser antieconômico (todos teriam acesso grátis a essa energia, como às ondas de rádio e televisão).

Mas nos volitores a força gravitacional é dominada através de um engenhoso sistema duplo ou sêxtuplo de anéis que giram em sentido contrário em altíssima velocidade ao redor de um eixo suspenso numa cúpula brilhante cor topázio. O controle de vôo sideral é simplíssimo em relação às aeronaves terrícolas, que ainda têm de utilizar inúmeros parâmetros digitalizados de combustível, óleo, horizonte, altímetro, temperatura, pressão, etc. Os fusovoadores interplanetários possuem apenas um singelo e avançado "tricontrole" automático que regula as fases positivas, negativas e neutras da gravidade. A energia etéreo-magnética que permeia o Cosmo constitui o combustível básico dessas espaçonaves, engendradas na fabulosa "matéria vítrea" que pode suportar pressões altíssimas e temperaturas de até seis mil graus.

A tecnologia paleolítica

Como fica patente no antológico clássico de ficção científica *Forbidden Planet**, esse conhecimento sideral é vedado e inacessível a nosso

---
* *Forbidden Planet*, filme clássico de sci-fi (1956) dirigido por Fred M. Wilcox.

planeta pois não há dúvida que políticos e militares utilizariam-no para fins bélicos e escusos.

O mais irritante é ter de agüentar esse bando de safados e presunçosos cientistas tecnocratas terrícolas, com suas armas mortíferas e "moderníssimos" aviões como o F-16 e o F-18, movidos ao poluente e retrógrado "rojão" propulsor, que além de orgulharem-se de sua paleolítica tecnologia ainda utilizam-na para destruição em massa (o planeta Terra é o único no Sistema Solar que ainda extermina o semelhante). Como bem afirmou o genial poeta, pintor e cineasta Jean Cocteau: "Se os extraterrestres aqui chegassem, ririam de nossa ciência, mas não de um Van Gogh!"*

ABIDJAN (Costa do Marfim)**

Air afrique

No aeroporto de Abdijan, espero minha conexão da Air Afrique para Nairóbi. O atraso é de três horas e no balcão sou informado que a companhia possui apenas um único aparelho: o ILYUSHIN 76 MD.***

Perdidos e achados

Em meio a negras de trajes multicores carregando sacolas e crianças no colo, converso com um angolano, professor da Universidade de

---

* Num programa feminino à tarde, a simpática entrevistadora perguntava a um eminente ufólogo:
– Professor Alcides, o senhor não acha arriscado ser abduzido por alienígenas?
– Minha senhora, muito mais perigoso é ser "abduzido pela PUC".
** Um expedicionário belga foi capturado pelos nativos da Costa do Marfim, que o amarraram a uma estaca no centro da aldeia. Os tambores rufavam por dias sem parar e o expedicionário, não suportando mais, implorou que parassem com aquilo. O feiticeiro, negando seu apelo, advertiu-o:
– Quando batuque pára, coisa muito ruim acontece!!!!
Sem entender, o expedicionário perguntou-lhe:
– Mas que grande mal acontece quando pára o batuque?
– Começa solo de baixo!!!! – desabafou o feiticeiro.
*** Existem três maneiras de comprar uma passagem de avião na África: 1) No balcão da companhia aérea. 2) Com a tripulação (geralmente nigeriana). Ou ainda 3) Com os mecânicos (geralmente russos).

Coimbra, sobre o abismo lingüístico existente entre o português do Brasil e o de Portugal*. Contei-lhe que certa vez minha bagagem desaparecera no saguão do aeroporto de Lisboa. Ao perguntar pela seção de achados e perdidos, um funcionário secamente me respondeu:
– Não temos!
– Não é possível – disse eu – um aeroporto internacional como o de Lisboa não oferecer esse tipo de serviço!
– Temos sim "Perdidos e Achados" – retrucou o gajo.
– Tudo bem – falei –, é a mesma coisa...
– Não, senhor! Não é a mesma coisa. "Cá em Portugal perdemos antes e achamos depois!"

Rimbaud na África

E demos boas risadas! Rastas passam gingando com instrumentos típicos e um grupo de muçulmanos faz suas preces voltado para Meca. A raça negra é sem dúvida a mais bela sobre a terra! Penso nas escalas que me aguardam: Accra (Gana), Ibadan (Nigéria), Yaundé (Camarões), Kinshasa (Congo) e finalmente Nairóbi (Quênia). Sobrevoarei o Kilimanjaro, o lago Vitória e as ventantes nascentes do rio Niger. Manadas de zebras correndo pelas vastas savanas do Togo. Mandris em delírio e aves do paraíso em revoada pela luxuriante selva tropical!

Lembrei-me da dama da alta sociedade portenha, esposa de um antropólogo desaparecido na África, que certa feita recebeu em sua mansão um eminente explorador francês. Após lauto jantar, o convidado ofereceu à anfitriã um presente muito especial: uma cabecinha humana, miniaturizada pelos aborígines do Congo.**

---

* Oscar Wilde, chegando à Inglaterra após uma viagem pelos Estados Unidos, ao ser indagado por jornalistas sobre o que achara do país, respondera-lhes:
– É tudo muito semelhante à Inglaterra, o único problema é a barreira lingüística...
** Num táxi em Lisboa comentei ao motorista que o sangue no Brasil e em Portugal seria o mesmo.
– Isto é uma grande verdade – retrucou o gajo –, principalmente pelos glóbulos brancos e vermelhos...
Um grupo de brasileiros passando pelo Algarve (sul de Portugal) deparou com o curioso cartaz num terreno baldio:
"PROIBIDO ACAMPAR NO CAMPING"
Caíram na risada e o proprietário indignado advertiu-os:
– De que riem, pois não estou a ver graça nenhuma no cartaz.
– Meu amigo, o que vem a ser: "PROIBIDO ACAMPAR NO CAMPING?"
– O cartaz é bilíngüe: (no português) PROIBIDO ACAMPAR (e no inglês) NO CAMPING
– explicou o gajo.

Ao ver o insólito objeto ela gritou:
– Celestin!

Mas a realidade aqui é outra: somos chamados por um negão de dois metros de altura paramentado com uniforme militar camuflado que empunha uma metralhadora e sumariamente revista-nos. Após assinar calhamaços de protocolos sou conduzido à sala de espera. Uma luz vermelha acende e todos comprimem-se às portas de vidro, esperando ansiosos pelo sinal de embarque. Ao longe na pista avisto o ILYUSHIN 76 MD.

Ilyushin 76 MD

Luz verde! Todos correm em direção ao aparelho e, arfante, consigo subir a bordo. Os passageiros (executivos africanos) procuram rápido tomar lugar e começa um empurra-empurra na porta. Pela pequena janela, vejo um mecânico soldando uma grande peça de metal à turbina com um inquietante adesivo tipo Araldite. O aparelho decola íngreme e nesse instante entendo a razão de tanta correria:

A Air Afrique vende mais passagens que assentos (overbooking). No corredor, dezenas de negões de terno e gravata rebolam na tentativa de segurar-se a um cano de ferro esmaltado acima de suas cabeças qual ônibus lotado!*

CANTAREIRA

Em meu cavalo branco
De crinas esvoaçantes,
Sobre um rochedo alto
E bem de frente para o mar
Vai meu cavalo, vai,

---
* Uma antropóloga da PUC, fazendo tese de doutorado sobre a miniaturização de cabeças entre os índios Jivaros da Amazônia, notou que o pajé olhava fixamente para sua formação craniana. Preocupada, ela lhe perguntou:
– Não está pensando em miniaturizar minha cabeça, não é?
Indignado, o pajé respondeu:
– IMPOSSÍVEL REDUZIR MAIS CABEÇA ANTROPÓLOGA PUC!

> *Vai meu cavalo, vai,*
> *Vai meu cavalo, voa*
> *Sem sair deste lugar!*
>
> Exu Veludo/Marsicano

Na belíssima paisagem da Serra da Cantareira chego ao rancho de Almir Sater. Ele, com seu emblemático chapéu, recebe-me alegremente. Começamos um improviso livre de viola e cítara. A viola de dez cordas é um instrumento mágico cujas origens remontam à tradição céltico-druida do norte de Portugal.

Após a magnífica jam session, envolvidos pelo verde e o fogo da lareira, Almir prepara em minha homenagem uma magnífica e perfumada sopa de grão-de-bico. Enquanto sorvíamos a iguaria, Almir comenta que meses atrás recebera o grande violeiro mineiro Renato Andrade (seu mestre), lendário por um suposto pacto demoníaco. Renato, inspirado, pegou a violinha e começou a demonstrar uma série de perícias & peripécias nas dez cordas. Como fazia muito frio, Renato Andrade colocou sua viola sobre a mesa da sala e foram dormir.

O tinhoso

Tarde na noite, Renato acorda sobressaltado ouvindo um som de viola. É o Tinhoso tocando minha viola! Na ponta dos pés chega até a sala e em meio à penumbra vê o instrumento tocar sozinho. Assustado, acordou Almir dizendo:

– O Tinhoso está tocando minha viola!

Almir, enrolado nas cobertas, sonolento, resmunga:

– Vai dormir, Renato. Você exagerou na branquinha!

Mas um novo harpejo ecoa pelo corredor. Os dois dirigem-se curiosos à sala e acendem a luz. A viola realmente tocava sozinha!

"É o Tinhoso tocando minha viola", sussurra, branco, Renato Andrade.

Almir, estupefato, acerca-se do instrumento e numa gargalhada exclama:

– Que Tinhoso nada, Renato. É um minúsculo camundongo que caiu no buraco da viola e, tentando sair, está dedilhando as cordas!

Trilha sonora:
www.marsicano.tk *O Menino da Porteira Sitar Version* e *Blakbird Sitar Version*.

SÃO PAULO

Ígnea falange

    Sampa, anos 80; vagueava no apartamento do genial Branco Melo entre a chuva torrencial e os relâmpagos que prateavam os edifícios da baixa rua Augusta. Com as pupilas dilatadas e ofuscadas pelos raios, não conseguimos ficar por muito tempo entre aquelas quatro paredes. Completamente molhados e speedados descemos a Augusta e acabamos por chegar à rua Nestor Pestana. No caminho passamos pelo Der Tempel e o Cais; num caleidoscópio psicodélico de imagens, penso na ígnea tribo: Giggio, Tony Belotto, Akira S. Escowa, As Mercenárias, Alê Primo, Pumps, Nuno Ramos, Walter Silveira, Luiz Octavio, Joey Ramone, Fernando Naporano, Apolo Nove, Paula Mattoli, Paulo Barnabé, Marcio Antonon, Theo Castilho, Suba, Marcinha Punk, Antonio Bivar, Cyro Menna Barreto, Robertinho Comodo, o inspirado Conrado Malzone, Paulo Miklos, Fernando Deluque, Leospa, Sergio Lopes, Thelma, Guto Lacaz, Gracie Janoukas, Abraão, Claudia Liz, Priscilla Farias, Granato, Brenda, Kim Esteves, Renata Barros, Marina Godoi, Brenda, André Peticov, Fernando Deluque, Andrés Castilho, Michel, Sofia Carvalhosa, Alex Antunes, Josimar Melo, Thelma, Zé Antonio (Pinups), Arrigo Barnabé, Reinaldo de Morais, Zique, Mae East, Geraldo Anhaia Mello, Arnaldo Antunes, Cláudio Carina, Antonio Peticov, Edgard Scandurra, Nuno Ramos, Clemente, Ricardo Barreto, Tadeu Jungle, Paulo Barnabé, Ciro Pessoa (do lendário Cabine C), Paulo Miklos, Chico Macchione, Nelson Aguilar e Aninha, Bocatto, Kiki, José Simão, Zé Carratu, Nazi, Marcos Morceff, Cid Campos, Marcelo Mansfield, Gil e Jacira, Ricardo Lopes, José Roberto Aguilar, Zique, Paulo Maluhi, Marcelo Rubens Paiva, Lívio Tragtenberg, Matinas Suzuki Jr., Nuno Ramos, Walter Franco, Priscila Farias, Marcinha Punk (A Sacerdotisa Underground) Nivis, Claudia Alencar, Marta Oliveira, João Gordo, Carlos Rennó, Mário Prata, Cacá Rosset, Granato, Viviane, Nick Cave, Carlos Marigo, Walter Silveira, Antonio Parlato, Paulo Maluhy, Fernando Zarif, Arthur Veríssimo, Kikito, Raul Bopp Neto, Juan Sanz, Cristina, Letícia, Marcelo Frommer, Lenora, Marcos Augusto Gonçalves e o grande Barmak.

ACM

Frente à sede da ACM (rua Nestor Pestana), entre antros de strip, Branco para bruscamente e me aponta um cartaz. Trata-se do show do humorista José de Vasconselos, em curtíssima temporada* pela cidade, que teria início à meia-noite em ponto. Concordamos que a coisa mais psicodélica e insólita naquele momento seria assistir ao espetáculo.

Uns cinco ou seis gatos pingados (literalmente pingados pela forte chuva) espalhavam-se pelo auditório cheirando a mofo. Entrevia psicodelicamente a cortina de um púrpura intenso e acetinado em 3D! Nem bem começara o show e não conseguíamos parar de rir. Já estava com dor nos cantos da boca quando surge no palco o consagrado e genial humorista. Demos uma sonora gargalhada e José de Vasconselos com seus peculiares óculos de fundo de garrafa comenta:

– Pessoal, vejo que vocês estão animados hoje!

Seguiu-se uma série de piadas infames que nos faziam rolar de tanto rir. Mas a certo ponto do espetáculo, o veterano humorista, dando

---

* Na década de 50, Winston Churchill estava em baixa como primeiro-ministro pois a Inglaterra enfrentava uma profunda crise econômica. O grande dramaturgo irlandês Bernard Shaw envia-lhe então dois ingressos de teatro, acompanhados pelo bilhete:
"Senhor Churchill, mando-lhe dois ingressos para a minha peça que estreará amanhã em Londres. Um para vossa excelência e outro para um amigo seu (se é que ainda tens algum...)."
Churchill (famoso por suas tiradas rápidas) respondeu-lhe com outro bilhete:
"Caro Bernard Shaw, amanhã não poderei ir. Assistirei à peça depois de amanhã (se ainda estiver em cartaz...)."
Bernard Shaw também se notabilizara por suas tiradas inspiradas. Certa vez, a belíssima dançarina Isadora Duncan lhe procurara dizendo:
– Que tal termos um filho, pois a criança será linda como eu e inteligente como você!
Bernard Shaw, atônito com a proposta, respondeu-lhe:
– Negativo! A criança poderá sair com a minha beleza e com sua inteligência...
Oscar Wilde, o melhor de todos em respostas rápidas, recebia do primeiro-ministro da Austrália o prêmio de melhor comediógrafo do ano em língua inglesa. O teatro estava lotado pelas mais importantes personalidades governamentais e culturais desse país, quando o primeiro-ministro australiano inicia o evento dizendo:
– Senhor Wilde, na Austrália apreciamos muito seu refinado senso de humor. Gostaria que, antes de receber este troféu, você pronunciasse uma só palavra, algo que fosse tão hilariante e grotesco que levasse este auditório à gargalhada total.
Oscar Wilde rápido retrucou:
– Austrália!
Churchill, questionado sobre o champanhe, rápido respondeu:
– Na vitória você merece e na derrota você precisa!
Churchill, indagado por Stalin sobre como definiria a Rússia, retrucou:
– A Rússia é uma charada embrulhada num enigma dentro de um mistério.
Certa vez, num banquete oferecido por uma socialite londrina, Churchill, que já havia tomado todas, foi censurado pela anfitriã:
– Churchill, o senhor está completamente embriagado!
– E a senhora é muito feia; a diferença entre nós é que amanhã estarei bom!

uma pausa em suas pilhérias, prostrou-se no centro do palco e proclamou num tom austero e circunspecto:

– Digníssimo público... Estou desde a década de 50 exercendo o humorismo* por todo este país, mas chegou a hora de falar-lhes sobre um assunto muito sério: criei a "Vasconselândia" pensando nas criancinhas deste meu Brasil...

Olhava de esguelha para o Branco, que estava com a mão frente à boca tentando dissimular o riso, e não conseguimos conter uma série de gargalhadas que começaram a se disseminar pelo auditório, que ria a altos brados conosco. Aquilo começou a ficar insustentável até que, a determinado momento, o lanterninha, atendendo um sinal do humorista, acercou-se pedindo encarecidamente que nos retirássemos.

Saímos escoltados pelo funcionário, que, ao chegar à porta do teatro, desabafou:

– Não sei por que vocês estão rindo tanto... Esse cara não tem a menor graça!

CAIRO (Egito)

A Regina Marsal**

Novamente no Aeroporto Internacional do Cairo. Após horas e horas de expectativa na aduana sob um calor insuportável, finalmente deixaram-me entrar no Egito. Penso em Rimbaud aqui desembarcando em 1887 sem passaporte após ter sido enganado em Ankober (Etiópia) pelo imperador Menelik, avô de Hailé Selassié, o mentor supremo da religião Rasta que eclodiria pelo mundo na voz poderosa de Bob Marley. Após cruzar as infindáveis e escaldantes areias do deserto numa caravana de camelos, Rimbaud apenas não foi morto por ser reconhecido como um "poeta-profeta" (Vate), um "Amigo de Deus". Mas aqui no Cairo as autoridades alfandegárias desconfiaram ao primeiro relance daquela figura suspeita de terno de linho branco, cabelo curto grisalho, bigodinho dourado, face curtida pelo sol do deserto, carregando na cintura oito quilos de ouro...

---

* Fui durante anos vizinho do genial humorista Ronald Golias. Um dia nos encontramos no banco Itaú perto de casa, e ele gentilmente convidou-me a dar uma esticada a seu apartamento na rua Gabriel Monteiro da Silva. Ao entrar, qual foi minha surpresa ao deparar com um amplo salão completamente vazio, tendo apenas um tosco tronco de árvore como sofá.

– Aqui até a mobília é uma piada! – exclamou sorrindo o simpático comediante.

** www.orientaldanceshow.com

Encontro minha grande amiga Regina Marsal, a encantadora dançarina do ventre do Hotel Hilton Luxor no Nilo. Hordas de mulheres de véu, homens da região do Golfo com gabeyas desfilam frente à cafeteria onde numa mesinha de plástico degusto um forte *turkish coffee* acompanhado de pão árabe com queijo de cabra e inenarráveis tameyas (bolinhos de fava). O atendente, mal-humorado e curioso, pergunta minha nacionalidade e, quando pronuncio a palavra mágica Brasil, derrete-se num amplo sorriso.

No borders

Não há fronteiras para o coyote.

Mano Chao

Lembrei-me de um amigo poeta & músico & visionário & andarilho que, tendo seu visto expirado na Suíça, rumou para a Itália. No gélido posto aduaneiro suíço nos Alpes, carimbou o passaporte e dirigiu-se à aduana italiana, que se conectava à outra por um estreito corredor de trinta metros. Na alfândega italiana não o deixaram entrar e não teve escolha senão voltar ao posto suíço. Ali chegando, advertiram-lhe que não poderia retornar à Suíça pois seu visto havia expirado.

Nosso conterrâneo, perplexo e estafado, pegou seu *sleeping bag*, estendeu-o bem no meio do corredor entre os dois países e adormeceu profundamente.

Quando acordou, já anoitecera e a guarda do posto italiano havia sido trocada. Desanimado e sem perspectivas, apresentou novamente o passaporte brasileiro ao funcionário italiano que extasiado exclamou:

– Brasile! Terra de Pelé, Rivelino, Ronaldo e Ronaldinho! Benvenuto in Itália, caríssimo fratello!!!

DESSAU (Alemanha)

Ouvi dizer que os alemães não falam o alemão: são todos dublados! (Estudei no colégio alemão Porto Seguro o idioma teutônico dos cinco aos dezesseis anos...) No bar do pequeno hotel de Dessau, situada na antiga região da Alemanha Oriental, um engenheiro austríaco faz-me uma verdadeira preleção sobre Nicolas Tesla* (1856/1943), inventor da

---

* www.apc.net/bturner. www.pbs.org/tesla

corrente alterna e criador do primeiro gerador de grande porte utilizado numa hidroelétrica (Niagara Falls). Lembrei-me do genial cibernético José Antonio Torregrosa (grande amigo), que já havia tocado no assunto. Tesla provara no início do século XX ser possível a transmissão de energia elétrica pelo ar, dispensando cabos ou fios. Segundo seu projeto revolucionário, a eletricidade seria transmitida diretamente aos usuários através de imensas torres geodésicas de propagação (como as ondas de rádio, só que em altíssima potência eletromagnética). O projeto foi descartado por ser antieconômico, pois todos poderiam usufruir dessa energia sem pagá-la. Mas após alguns schnaps, o engenheiro austríaco acaba por segredar-me que corre a lenda de que Tesla haveria criado durante a Segunda Guerra Mundial uma "Máquina do Tempo"* para a marinha norte-americana. Através desse engenho, os objetos desapareciam entre dois poderosos vórtice eletromagnéticos, sendo arrojados ao futuro.

Ars magnetica

O grande físico brasileiro Mário Schemberg, certa vez, para demonstrar-me a relação existente entre a arte e a ciência do eletromagnetismo, colocou sob a reprodução de uma pintura de Van Gogh (*Os ciprestes*), estendida horizontalmente, alguns ímãs em certos pontos específicos (como o sol) considerados por ele como os chacras (centros de força) do quadro. Os grãos de ferro imantaram-se descrevendo sinuosas curvas de energia e os campos magnéticos coincidiram precisamente com as vigorosas pinceladas de Van Gogh.

Mário Schemberg, magistral físico e crítico de arte (costumava colocar lado a lado, em sua estante, livros de ciência e arte), com os olhos cerrados e sua costumeira voz pausada, revelou-me então que os grandes artistas sempre haviam impregnado suas obras com esse magnetismo etérico. No caso da pintura, a energia é condensada (Einstein costumava denominar esse estado de *frozen energy*). O músico indiano Inayat Khan subia ao palco e emitia apenas uma nota musical em sua vina. Essa singela nota era imantada por tal grau de magnetismo etérico que os espectadores por ela sintonizados saíam de lá exclamando:

– Foi o melhor recital de minha vida!

---

* Poderosos magnetos de altíssima voltagem eram colocados ao lado do navio, que sumia como por encanto. Posteriormente constatou-se que este reaparecia no futuro.

Cromagnetikatarsis

Julio Cortázar certa vez afirmou que, como temos uma Física, deveríamos inventar uma Fantástica, que seria a "ciência da arte" e a "arte da ciência". O escritor visionário Hermann Hesse, em seu antológico Jogo das Contas de Vidro (livro de cabeceira de Thomas Mann), profetiza uma sociedade futura e utópica em que todo o conhecimento é sintetizado num jogo de contas de vidro coloridas. Tanto a estrutura de uma gigantesca Galáxia como uma Fuga de Bach, um quadro de Rafael, um Madrigal de Monteverdi, um diálogo de Platão ou a forma perfeita de uma catedral gótica poderiam ser perfeitamente representados nesse jogo. Nas prodigiosas combinações dessas translúcidas contas de vidro coloridas, o logos ou o pensamento puro é magneticamente plasmado. Os sábios, mestres nessas combinações cromáticas, recebiam o título de Magister Ludi.

O trinômio arte-medicina-ciência regerá a arte terrestre dos séculos vindouros. Como bem sabia Platão, o que é belo é bom e produz a *katarsis* (purificação da alma). Novos instrumentos musicais cromomagnéticos surgirão, operados por artistas-cientistas cromósofos. Suas obras, profundamente imantadas pelo magnetismo etérico, espargirão à humanidade esta sutil e terapêutica energia.

Bauhaus

Percorro as margens do rio Elbe e tento informar-me sobre a localização do prédio original da famosa escola de arquitetura Bauhaus. Dirigida por Walter Gropius*. Essa academia, nos anos 20 e 30, revolucionaria toda a arquitetura vindoura. Com professores como o russo Kandinsky, o suíço Paul Klee e o alemão Oscar Schlemmer, a Bauhaus purificaria a arquitetura e o desenho industrial de todo o supérfluo e suas linhas puras e despojadas encontrariam inspiração na arte japonesa e no pensamento zen-budista. Kandinsky pertencia à Sociedade Teosófica e conhecia bem a milenar relação indiana estabelecida entre cores, sons e formas. Em seus magistrais livros *O Espiritual na Arte* e *Ponto Linha e Reta sobre o Plano***, ele associa o quadrado à cor vermelha, o triângulo ao amarelo e o círculo ao azul. Fala-nos também do sabor do som e da cor relacionando como exemplo o gosto acre do verde-limão ao trinado

---

* Walter Gropius, nos anos 20, pensou visionariamente em projetar um amplo teatro em forma de ogiva para ouvir-se J.S. Bach, cujas curvas seriam inspiradas nas ondas eletromagnéticas produzidas pela música do compositor num osciloscópio.

** Vasili Kandinsky. *De lo Espiritual um Arte* e *Punto y Lynea sobre el Plano*. Ed Paidós.

agudo do violino. Nos arredores da cidade chego à sua casa*. A decoração é fenomenal com suas primeiras pinturas abstratas (as primordiais e melhores pinturas do gênero) expostas nas paredes e os móveis de tubo de aço de Marcel Breuer. Mas o que mais me impressionou foi o quarto com face oeste pintado totalmente em laranja intenso para reverberar o ouro fulvo do ocaso.

> Nuvem laranja
> pontilhiza violácea
> o azul de metileno

Paul Klee colecionava pétalas de flores e folhas cuidadosamente preservadas em arquivos. Caminhava pelos campos recolhendo os matizes cromáticos perfeitos ofertados graciosamente pela natureza. Eram verdadeiros diapasões de cor organizados e fichados minuciosamente. Esse material constitui a base de seu livro *O Olho Pensante***, uma brilhante reflexão filosófica sobre as artes visuais. Na Bauhaus estudava-se desde física quântica até acrobacia, pirotecnia e artes circences. Seus artistas-cientistas profetizariam o trinômio arte-ciência-medicina que orientará o saber em nosso século. Essa relação foi intensamente pesquisada por um de seus maiores expoentes, Johannes Itten, mestre suíço cuja obra centrou-se na teoria da cor. Já nos primórdios dos anos 20 vestia-se como monge tibetano e levava seus alunos a práticas de meditação e cromoterapia no andar superior da academia.

> Quadrado vermelho
> triângulo amarelo
> círculo azul

Nesses exercícios visualizavam-se as cores juntamente a práticas respiratórias como o pranayama***. Em seu escrito *A Arte da Cor*****, nos regala fantásticas escalas de cores, engendradas a partir de cristalinas fórmulas matemáticas. Utilizando aquarela, ele sinestizava em configura-

---

* Tanto a casa original de Kandinsky como a de Paul Klee foram destruídas durante os bombardeios da Segunda Guerra Mundial e posteriormente reconstruídas.
** *Paul Klee Notebooks: The Thinking Eye*. Volumes 1 e 2, Ed. Jurg Spiller.
*** Nada disso havia entrado, na época, no Ocidente.
**** Os livros gráficos de Johannes Itten, *The Art of Color*, *The Subjective Experience and Objective Rationale of Color* e *The Color Star*, que contêm suas teorias sobre a cor, foram impressos apenas nos anos 60, já que somente com o advento do off-set receberam seu aval para publicação, pois suas cores puderam ser reproduzidas fielmente.

ções gráfico-cromáticas as obras de J.S. Bach*, pensando as cores como seres individualizados. Embora fechada pelos nazistas em 1936 por seu caráter incômodo ao sistema, a Bauhaus influenciaria todo o desenho industrial vindouro. No pequeno hotel contemplo silente os profundos pensamentos e magníficas ilustrações de *O Olho Pensante*.

GUARULHOS**

Edgar Allan Poe
Pompas de mármol, negra anatomia
Del triunfo de la muerte los glaciales
Símbolos congregó. No los temia.
Temia la outra sombra, la amorosa,
Las comunes venturas de la gente;
No lo cego el metal resplandeciente
Sino el mármol sepulcral sino la rosa.
Como de outro lado del espejo
Se entrego solitário a su complejo
Destino de inventor de pesadillas.
Quizá, del outro lado de la muerte,
Sigue erigindo solitário y fuerte
Espléndidas y atroces maravillas.

Jorge Luis Borges

Sintonizado com Londres e outras grandes metrópoles, Guarulhos, na periferia de Sampa, exibe o hardcore mais autêntico, contundente & moderno. Vagueando por suas ruelas encontro uma belíssima musa dark digitando o interfone de um prédio. Acena-me perguntando se não era amigo da pintora gótica Kali. Subimos e Kali nos recebe em seu apartamento, onde a luz tênue ressalta uma decoração vitoriana exibindo caveiras e quadros sinistros. Começamos a tomar vinho tinto

---
* Inspirado nas teorias de Johannes Itten, o rosacruz (AMORC) de nono grau Walt Disney produziria as revolucionárias seqüências animadas de visualização cromática sinestésica da *Tocata e Fuga em D* de J.S. Bach em seu desenho animado *Fantasia* (1938).
** Trilha visual: DVD *Vampyros Lesbos de Jesus Franco*.

enquanto a musa dark diz que pensa em organizar um desfile de moda gótica numa casa noturna chamada Domina. Ao crepúsculo Kali abre as *Obras Completas* de Edgar Allan Poe e tira de seu interior um envelope com selos da Holanda* contendo um extrato de cogumelo *Amanita muscaria*. Dissolvemos no vinho e tomamos. Acabamos numa alcova dark-art nouveau com pesadas cortinas de veludo negro onde iridescia uma luminária de cristal Galeé em forma de cogumelo. Ingressei numa campânula psicodélica e começou uma forte atração entre mim e a doce Kali. Doce qual o rubro sangue.

Eu a beijava loucamente entre os lençóis de seda negra totalmente fascinado por seu encantamento vampiresco. Desligado como sempre, não percebi que havia algo entre as duas. Estávamos já transando quando a outra, enciumada, deu-me um violento golpe com seu largo cinto de couro heavy metal nas costas. Surtou gritando histericamente numa crise irada de ciúmes. Resolvi ir ao banheiro de mármore negro, pois tomara muito vinho. Aproveitando a deixa, a ciumenta trancou rápido a porta do quarto.

Via tudo em 3D com as cores alteradas e brilhantes, euforizado pelo *Amanita muscaria*, utilizado pelos vikings para o combate. Estava pelado e minha roupa ficara no quarto. Não podendo sair pra rua, deitei no sofá da sala e coloquei um disco de gothic metal. Morrendo de tesão implorava que elas abrissem a porta, mas elas riam sem parar cheirando pó e tomando fartos goles de vinho Chianti. Pedia pra abrir a porta pois estava fazendo um tremendo frio, e a ciumenta ordenava-me a ficar de joelhos no canto da sala contra a parede. Que situação! Quando já amanhecia, elas finalmente abriram a porta e fui sumariamente expulso.

---

* www.elephantos.com

ALTO PARAÍSO

Cabeça de fauno
Na folhagem, estojo verde de ouro manchado
Na folhagem incerta e florida
De esplêndidas flores onde o beijo dorme
Vivo e rasgado o precioso bordado

Um fauno assustado mostra os seus olhos
E morde as flores vermelhas com seus dentes brancos
Moreno e sangrento como um vinho velho
O seu lábio estoura em risos sob os galhos

E quando fugiu – feito um esquilo
O seu riso treme ainda em cada folha
E se vê amedrontado por um grilo
O Beijo de ouro do Bosque – que se recolhe
Rimbaud*

Alto Paraíso, a 170 quilômetros de Brasília em pleno cerrado. Tarde na noite, à luz de velas, ao lado do inspirado Lamberto, da encantadora Martina e do catalisador cultural do novo milênio Paulo Maluhy, presidente da OCA** e membro do Conselho da Biosfera da Unesco, ouvimos histórias contadas pelo cacique xavante Antão. A certo ponto de sua fantástica narrativa ele nos segreda que existe na Serra do Roncador uma civilização subterrânea e que os xavantes seriam seus guardiões. Relata também que um ramo dos xavantes habita esses mundos abissais e são por eles denominados "Morcegos".

Brasil oculto

Lembrei-me da fascinante história de P.H. Fawcett, explorador inglês nascido em 1867 e membro da Royal Geographical Society. Certo dia,

---
* Tradução feita com Daniel Fresnot.
** OCA: ONG preservacionista e ambientalista (da qual sou um dos cinco conselheiros) que colocou o Cerrado Brasileiro na reserva da biosfera da Unesco (agora a ONU garante sua preservação); oca@ocabrasil.org.com.br

o escritor *Sir* Henry Rider Haggard presenteou-o com uma estátua de 25 centímetros esculpida em basalto negro. Essa misteriosa peça encontrada no Roncador representa um iniciado que traz ao peito uma placa com 22 letras de um alfabeto desconhecido. Fawcett associou-a imediatamente a uma antiga civilização pré-incaica, possivelmente de origem atlante.

A misteriosa Z

Em 1920 parte para o Brasil em busca desta "Shamballa Tropical"*, por ele denominada A Misteriosa Z. Na viagem vem a saber que haviam mostrado a um xavante do Roncador, para impressioná-lo, a cidade de Cuiabá. O índio, desapontado e entediado com o que vira, acabou por declarar:
– Estas construções não são nada perto das do lugar em que vivo longe daqui. Lá elas são maiores, mais belas e imponentes. Ao centro, uma enorme coluna de cristal ilumina tudo!
Fawcett inicia em 1924 nova expedição, dessa vez financiada pela Royal Geographical Society. Deixa Cuiabá a 20 de abril, rumo novamente ao Roncador. Na latitude 11°43'sul longitude 54°35'oeste escreve à mãe suas últimas palavras:
"Não tema, não falharemos!"
Após atravessar o Rio das Garças, ele, sem deixar rastro, desaparece...**

A misteriosa Z

Amanhecia quando, seguindo as indicações do cacique xavante, deixamos Alto Paraíso rumo à Serra do Roncador. Saímos da OCA em dois Jeeps e uma Pajero e vinte horas depois alcançávamos a barra do Garças e a aldeia xavante Meruri.

Passamos a noite numa palhoça e no dia seguinte seguimos mata adentro em direção ao Rio das Mortes. Contornamos a Lagoa Feia, uma grande cratera vulcânica cuja profundidade ultrapassa os 1,5 mil metros, segundo o IBGE.

---

* Trilha sonora: www.marsicano.tk – Shamballa Tropical
** O marechal Rondon não tinha a menor dúvida de que aquela história de Civilização Subterrânea Perdida não passava de cortina de fumaça para a sondagem das riquezas minerais da região, que Fawcett estaria fazendo secretamente para o Império Britânico.

Brasil abissal

Nas clareiras, subitamente surgidas do acaso do caminho, o luar fazia-as lagos e as margens, emaranhados de ramos, eram mais noite que a mesma noite. A brisa vaga dos grandes bosques respirava com som entre o alvoredo. Fallavamos de cousas impossíveis; e as nossas vozes eram parte da noite, do luar e da floresta. Ouviamo-las como se fossem de outros.* A Pajero freia bruscamente! Estávamos sendo emboscados por um grupo de índios. De alta estatura e pintura negra de guerra, encaravam-nos hostis brandindo bordunas. Por sorte, um deles reconhecera-nos da noite anterior na aldeia e fomos avisados que tomássemos muito cuidado ao seguir adiante. Em meio à mata havia colônias fechadas de alemães (prováveis redutos nazistas) que costumavam atirar sem piedade nos que invadiam seus domínios.

Olho nu

Acaba a estrada e seguimos pela selva luxuriante abrindo caminho a facão. O calor era intenso e nuvens de mosquitos abatiam-se sobre nós. Araras multicores e imensas árvores abriam ao espaço suas gigantescas copas. Na base do Maciço Rochoso avistamos finalmente a sinuosa entrada da gruta. Começo a imaginar a Misteriosa Z e suas infinitas galerias subterrâneas**. Após árdua escalada, chegamos à boca da caverna. Nesse preciso momento, o GPS pára misteriosamente de funcionar. Vislumbro o vão escuro que se abisma quilômetros abaixo através dos majestosos estalactites e dos vastos e profundos salões, esculpidos qual gigantescas catedrais pelos milênios. Quinhentos anos de Brasil e mal conhecemos sua superfície...

---

* O texto grifado é de Fernando Pessoa.
** O pajé Kamaiurá Sapaim relatou-me visões fantásticas no Baixo Xingu onde discos voadores penetravam como um raio as montanhas. Os índios subiam até o lugar na rocha onde teriam penetrado e nada encontravam, nem uma ranhura ou fresta. Em outra oportunidade, um imenso objeto circular ficou por horas suspenso sobre a aldeia Kamaiurá, nela projetando uma forte luz dourada. A força era tão grande que todos caíram ao chão, menos o pajé Sapaim, que ficou ereto empunhando seu cajado ritual.

LISBOA (Portugal)

TÁ FIXE! Contemplo o altivo transatlântico que me levará de volta ao Brasil. Chego com boa antecedência pois não há nada pior que perder a viagem mirando ao longe o barco partir e todos dando adeus. No cais folheio um jornal e, ao ver os anúncios, lembrei que Fernando Pessoa, nos anos 20, fora o primeiro a criar no português uma publicidade para a Coca-Cola. Como o produto fora lançado em Portugal e ninguém estava aturando a bebida, Fernando Pessoa elaboraria o inspirado slogan: "Coca-Cola, primeiro estranha-se e depois entranha-se". Na seção "Troca e venda de animais", noto o curioso classificado: "Troca-se galo que canta às quatro da manhã por um que cante às oito". E logo abaixo vinha outra preciosidade lusitana: "Vendo pitbull (equilibrado)".

A meu lado encontra-se um adolescente oriental que segura uma imensa mochila de náilon. Após um hiato de silêncio, pede-me (num inglês impecável) que leve comigo sua bagagem na hora do embarque. Seu plano era entrar no navio dando uma de carregador e seguir viagem como clandestino*. Conta-me que nascera em Singapura e chegara até aquele cais viajando ilegalmente em barcos, navios, ônibus, carroças, camelos, trens e riquixás. Como era menor de idade a polícia era sempre obrigada a soltá-lo.

Orient express infanto-juvenil

A história soava por demais estranha. Nisso ele tira da bagagem uma imensa pilha de cartões-postais que documentavam de forma irrefutável sua fantástica trajetória: Singapura, Burma, Calcutá, Delhi, Kabul, Teerã, Istambul, Trieste, Veneza, Milão, Lyon, Toulouse, Barcelona, Málaga e por fim este cais de Lisboa. Tratava-se de um verdadeiro "Orient Express Infanto-Juvenil". E ainda por cima queria, do Brasil, prosseguir sua alucinada balada até os Estados Unidos e figurar no *Guiness* como o primeiro adolescente a realizar tal proeza!

---

* Lembrei do filme *Uma noite em Casablanca*, em que os hilariantes irmãos Marx viajam como clandestinos num navio. A certo ponto, Harpo resolve dar um inesperado concerto de harpa para os passageiros. Sua técnica virtuosística é tão inaudita e anticlássica, repleta de glissandos espiralados, que o capitão, ao observar seu modo de tocar, segreda ao imediato:
– Pode ter certeza que esse cara é clandestino!

Zarpamos! Nada melhor que estar a bordo de um transatlântico com todas as suas luzes iridescendo ao crepúsculo. Coloquei no deque sua bagagem e, após jantar, o procurei em vão pelo convés. Pelo jeito aquele transtornado nem ao menos embarcara! E ainda perdera sua mochila. Arrependido, voltava à cabine quando, no bar, deparo com ele empunhando solene um gim-tônica e levando o maior lero com os passageiros...

Todo sorridente, ele me apresenta como um grande amigo. Chamei-o de lado e disse:

– Você está louco! Onde vai dormir?

– Num bote salva-vidas. Já está tudo preparado: por favor traga-me pela manhã algumas frutas e comida.

"Isto vai sobrar pra mim!", pensei, já prevendo o que aconteceria...

Acordei cedo, tomei café e aspirando a brisa puríssima rumei rápido à piscina. Nosso peculiar clandestino, já de calção, ensaiava vários saltos ornamentais posando para as gatinhas que se banhavam ao sol. Entreguei-lhe algumas frutas, pão, queijo e iogurte, que ele num relance devorou. Enquanto observava as rendas de espuma que se teciam rente ao casco, a curiosa figura iniciou um delirante discurso sobre a cosmologia balinesa dos sete céus, num inglês rebuscado, elegante e fluente. Acabei por perguntar-lhe onde aprendera tudo aquilo e ele ríspido respondeu:

– Na estrada!

Rota de escape

Mas sua alegria durou pouco pois um marinheiro na madruga acabou por flagrá-lo enquanto dormia no bote salva-vidas. Na manhã seguinte aportamos em Tenerife*, onde alguns agentes do juizado de menores já o aguardavam. Pura perda de tempo – captura para ele sempre significara rota de escape!

---

* Cidade das Ilhas Canárias em meio ao Atlântico.

RIO DE JANEIRO

Almoço festivo na casa de Ronald Biggs. Esse lendário inglês foi um dos autores do maior e mais ousado roubo de trem da história; condenado na Inglaterra a uma pena de trinta anos, Biggs conseguiu fugir e após fazer uma cirurgia plástica radicou-se no Rio de Janeiro. Como tivera um filho brasileiro, após várias e infrutíferas tentativas de repatriá-lo e até seqüestrá-lo, o genial escroque deu um chapéu no governo inglês tornando-se por aqui uma celebridade folclórica e querida por todos.

A magnífica e borbulhante feijoada devidamente guarnecida* de uma perfumada couve, calabresa grelhada, farofa e laranjas picadas, regada a muita caipirinha, cerveja gelada e whiskey, dispõe-se ornamental pelas mesas. Ingleses, escoceses, irlandeses, americanos, australianos e um argentino meio alto (que relembra as Malvinas, acusando os ingleses de larápios) desfrutam nossa mais típica e hardcore iguaria. Uma fumegante churrasqueira também pontua a cena, oferecendo o que mais apreciam os turistas.

Ronald Biggs ao fundo, tranqüilo (muito bem acompanhado por uma peituda mulata "tipo exportação"), explica aos comensais pela milésima vez que não ficara com um centavo da fortuna roubada. Sento a sua mesa, e ele todo prosa mostra o vinil dos Sex Pistols com assinaturas dos integrantes da banda a ele dedicadas. O famoso grupo punk inglês estivera nesta casa (daria tudo para presenciar o bizarro encontro) a visitá-lo.

Um escocês (mão-de-vaca) segreda-me que roubo na verdade é o preço da caipirinha, que aqui custa cinco vezes mais que em qualquer lugar no Rio. Mas o centro da coisa não é a feijoada, a belíssima casa ou a caipirinha, mas nosso peculiar anfitrião.

Tudo corre bem com um papo divertido e descontraído sob a refrescante brisa de verão carioca, até que, a certo ponto, um mano de boné e camisa do flamengo invade repentinamente a sala empunhando um fusil AK-47. A princípio todos riem achando ser uma divertida pegadinha de Biggs ou da Riotur (a cena foi até aplaudida), mas a coisa é séria. Integrantes do bando começam a "limpar" os presentes e um americano leva uma violenta coronhada na cabeça. Uma gorda histérica começa a gritar:

– Padre Marcelo! Padre Marcelo!

O assaltante manda-a calar a boca. Nem Biggs escapa ao "arrastão", sendo obrigado a entregar sem choro sua polpuda carteira e os dólares do cofre. Uma socialite carioca sai do banheiro bicuda, e com

---

* Num jantar no Círculo Militar em São Paulo, não pude conter o riso ao ver no cardápio: filé de frango "escoltado" por ervilhas, palmito e fritas.

giz na lousa no nariz dá de cara com o mano armado. Ele apontando o fusil exclama:

– Assalto!

E a socialite travada exclama aliviada:

– Assalto??? Ah! Graças a Deus! Pensava que era a polícia!

O mano coloca a mão na cabeça e desabafa:

– Não acredito!

Tento baratinadamente ocultar duas notas no meu tênis mas sou surpreendido por um deles que, apontando-me a arma, adverte-me:

– Caubói, o que está escondendo aí?

Aproveito a deixa para o advertir que era músico contratado e acabara de receber a notícia que minha mulher na maternidade sofria sérios problemas com os gêmeos no parto.

O mano líder do bando ao saber da história (que inventara para tentar escapar o mais rápido dali) pega uma polpuda nota de cem dólares que tirara de Biggs e entrega-me dizendo:

– Músico, depois de sairmos, corre pra maternidade e fica com essa grana para o parto pois "assalto também é cultura"!

BENARES (ÍNDIA)*

Benares, fundada há mais de cinco mil anos, é a cidade mais antiga do mundo. Por suas ruelas de terra repletas de vacas, cabras, riquixás e automóveis, passaram outrora tribos dravídicas, nômades arianos, hordas de muçulmanos e mongóis.

Nos telhados, bandos de macacos malabarizam acrobacias. Os templos exibem as formas esplêndidas da arquitetura indiana. Mas o que realmente caracteriza esta cidade são os Ghats, grandes escadarias de pedra que imergem no Ganges. Perto de onde moro, encontra-se a Stupa, monumento de pedra que marca o local onde Buda proferiu o Dharamachakra Pravartana (Girando a Roda da Lei), sua primeira preleção. Acordo cedo e, sob o imenso disco rubro do sol surgindo sobre o Ganges, sigo a estreita Assi Lane saudando os Sadhus (místicos errantes) que encontro pelo caminho.

---

* Trilha sonora: www.marsicano.tk. Samadhi e no CD de Marsicano: *Electric Sitar* a música *Ganges Azul Music* – www.azul.music.com.br

Após pequena meditação às margens do lago do Templo de Durga encontro Krishna Chakravarty, minha Guruji de cítara. Os ragas, milenares peças musicais, têm como estrutura o espiral, girando a linha melódica ao redor do mantra OM, vórtice dessa mandala sonora. O termo raga provém do sânscrito *ranja*, que significa cor. As notas musicais têm cores:

DÓ, rubro da pétala do lótus; RÉ, verde da pena do papagaio; MI, dourado do brilho do sol ao meio-dia; FÁ, branco do jasmim; SOL, negro da ágata; LA, amarelo brilhante; e SI, multicor.

Os ragas traduzem o exato matiz cromático de cada período do dia. Os da manhã são laranjas, os da noite, violáceos. O raga sagara do oceano (de cor azul) reproduz em suas escalas (ascendente e descendente) o fluxo e o refluxo das correntes.

O Califa Omar

O califa Omar, embora fosse rei, abandonou tudo para tocar cítara numa pequena choupana em meio a uma distante floresta. Como estava havendo uma conspiração, aqueles que queriam usupar-lhe o poder ficaram muito satisfeitos ao saber que o califa vivia sozinho naquele fim de mundo e assim teriam todas as oportunidades de matá-lo. Certo dia, um dos conspiradores empunhando uma adaga partiu em seu encalço e após vários dias de viagem avistou Omar tocando sua cítara na beira de um formoso lago à luz do crepúsculo. Quanto mais se aproximava de Omar, mais seus movimentos eram tolhidos e quando, após muita dificuldade, conseguiu acercar-se do Califa, sua adaga repentinamente arrojou-se de sua mão.

Incrédulo, o conspirador perguntou ao rei:
– Que força é essa que me impede de matá-lo?
– É minha união com Deus através do Som! – respondeu o califa Omar.

Mian Tansen

O célebre Mian Tansen (século XVI) acendia velas ao tocar o raga dipak do fogo (Paganini fazia o mesmo, tocando junto a candelabros no palco). Tinha sempre de interromper a peça pois o calor gerado era tão grande que até suas vestes começavam a entrar em combustão. Certa vez, o imperador Akbar pediu-lhe que interpretasse a peça ao ar livre diante de seu palácio. Tansen, temendo um incêndio, treinou suas duas filhas na interpretação do raga megh* das monções (estação chuvosa na Índia). Durante o evento, enquanto Tansen cantava o raga dipak e um forte calor já podia ser sentido, as meninas começaram a entoar o raga megh. Outro fenômeno então se produziu: negras nuvens começaram a se formar no céu, e uma forte chuva amainou a alta temperatura ambiente, garantindo assim a continuidade do espetáculo.

Jazzmine

Na fragrância jasmim da lua do crepúsculo encontro Krishna Chakravarty num sari azul. Pela Assi Lane chegamos ao templo Shankat Mochan. Do palco ornado de flores amarelas e laranjas, vislumbro os precisos movimentos de uma dançarina de Kathak e sua imagem ampliada num vasto telão. Seus sinuosos movimentos rubilam em câmara lenta, paradas de cena e outros efeitos especiais, transmitidos para toda a Índia, Nepal e parte do Tibete.

> Tilintam os címbalos
> ressoam os tambores
> acordes etéreos das cítaras
> auriflama voz dos cantores
> surge a bela Radhadevi
> tomada pela febre da dança
> seus sinuosos movimentos
> brumas de almíscar e incenso
> névoas de sortilégio e sonho.
>   Hamira

O róseo amanhecer no Ganges! Ao som dos pássaros, milhares de templos reverberam os gongos e címbalos saudando os raios dourados do sol que se irradiam pelas águas sagradas. Um Sadhu senta em lótus a meu lado e começo a interpretar no *sitar* um raga da manhã. Ao terminar abro os olhos e ele me pergunta há quanto tempo toco:

– Há cinco encarnações – respondo-lhe.
– Então estás começando agora! – adverte-me.

---

* Trilha sonoro-visual: http://www.youtube.com/watch?v=kCNir-2Avek.

SÃO PAULO

A Júlio Bressane

O cinema é a música da luz.

Abel Gance

Magnetoscópio*

O grande cineasta experimental Júlio Bressane (o maior diretor brasileiro) filma *Infernalário Logodédalo* com o poeta Haroldo de Campos. Sou convidado a participar como citarista** e colaboro na trilha sonora.

Julinho, com uma câmera ultra-sensível e de alta definição, capta cenas insólitas à luz da lua. Outra equipe (da ECA) faz o making of e nosso cineasta a certo ponto deixa perdido seu cameraman dirigindo acidentalmente o grupo da ECA. A meu lado está a belíssima Juliana Maria, atriz underground paulista. A iluminação é improvisada com os faróis de um automóvel.

BELA
LU
GOZE!

É tarde na madrugada quando terminam as filmagens. A produção pra variar é underground e ninguém se lembrou de arrumar hospedagem para o Julinho. Ofereço a casa de minha mãe, que possui um quarto de hóspedes. No caminho lhe conto que semanas atrás havia sido acordado subitamente por José Mojica Marins. Podem imaginar como é despertar de ressaca com as unhas do Zé do Caixão (vestido a caráter) cravadas no pescoço... A cena se passara no apartamento de Goffredo da Silva Telles, onde ocorreria uma insólita filmagem. Em contrapartida, Goffredo quase matou Mojica de susto ao ameaçar-lhe com uma pistola d'água cheia de água benta.

Dedilhava minha cítara enquanto Mojica declamava um texto macabro***. No chão, um ator despido fazia papel de cadáver e uma gata inenarrável (sensual atriz suburbana de filmes de terror) contorcia-se

---
* Magnetoscópio: nome dos primeiros aparelhos de vídeo.
** Participo também como ator no filme *Os sermões de Bressane*.
*** *Mojica*, de Ricardo Miranda.

numa coreografia vampiresca*. Na câmera o conceituado Ricardo Miranda (montador de *Idade da Terra*, de Glauber Rocha) esboçava inusitados enquadramentos. A dançarina começa então a desnudar-se num ritual erótico sobre o corpo imóvel. O cadáver, não resistindo, tem uma súbita ereção e Mojica irritado interrompe a filmagem gritando:
– CARA! VOCE NÃO CONSEGUE NEM FAZER PAPEL DE MORTO!

Julinho ria como uma criança! Às quatro da madruga chegamos em casa e ainda assistimos a um trecho do filme *Freaks*.** Tento em vão dormir, enquanto no quarto de hóspedes o autor de *Matou a família e foi ao cinema**** caminha inquieto de um lado para o outro, escrevendo o roteiro do dia seguinte.

Às sete da manhã acordo com uma tremenda gritaria: abro a porta e deparo com minha mãe perplexa de pijama e Julinho no banheiro, proferindo as seguintes palavras num tom solene e profético:

---

* Mojica, enquanto elaborava o roteiro com Ricardo Miranda, degustando uma excelente feijoada, telefonava insistentemente para Los Angeles. Nos disse que semanas antes um ciclo de seus filmes havia sido projetado na Universidade da Califórnia (UCLA) e no encerramento ocorrera um debate com sua presença. Contou que no auditório lotado se encontravam a filha de Boris Karloff e a neta de Bella Lugosi, Ed Wood (o Zé do Caixão americano), além do cineasta Steven Spielberg. A certo ponto do evento, Spielberg levanta a mão e lhe dirige a seguinte pergunta:
– Mojica, quem o influenciou?
Nosso Zé do Caixão rápido ponderou:
– Charles Chaplin!
Um silêncio profundo se abateu sobre a sala e Spielberg, insatisfeito com a resposta, retrucou:
– Como assim, Charles Chaplin?
Mojica então, com sua voz profética e solene, respondeu:
– Porque, atrás de toda aquela comédia, no fundo dos olhos de Chaplin pode-se vislumbrar um profundo TERROR!
Enquanto almoçávamos no restaurante Brahma, perguntei a Mojica quem teria tocado aquele órgão abissal e atonal das visões infernais de *Delírios de um Anormal*. Mojica alegou que como a produção era underground, utilizara um disco de órgão de J.S. Bach rodado de trás pra frente.
** *Freaks*: filme americano de Tod Browning feito nos anos 40. Clásssico de terror, tem como atores mongolóides, aleijados, homens-tronco, anões, irmãs siamesas, etc.
*** Julinho contou-me que convidara Jece Valadão para um de seus filmes. Como O Gigante da América era underground, não havia um grande cachê, mas o ator contracenaria com Sandra Bréa, a maior sex symbol dos anos 70. Jece Valadão topou na hora e a filmagem seria no Motel Malibu (cenário típico dos filmes de Julinho), em Cabo Frio. Jece Valadão chegou eufórico com duas horas de antecedência, e na portaria foi logo perguntando:
– Em que quarto Sandra Bréa está?
O atendente avisou-lhe que a atriz Sandra Bréa não participaria do filme, pois já tinha compromisso com Walter Hugo Khoury, e seria substituída pelo travesti Rogéria. Valadão ficou uma fera e foi logo avisando ao Julinho:
– Só contraceno com o travesti Rogéria a distância. Você não vai querer acabar em trinta segundos com um mito que levei trinta anos para construir.

– Minha senhora: tudo resolvido!
– Refilmaremos a cena antológica de *Psicose** com a Giulia Gam, só que em vez de chuveiro usaremos o bidê!

LOS ALAMOS (Estados Unidos)

Sikh transit gloria mundi

Almálgama

Formentera, pequena ilha perto de Ibiza. De águas cristalinas (sem o agito turístico de Mallorca e Menorca), suas praias são imantadas pelo suave sortilégio. Devaneio no salão dos espelhos de um palácio neoclássico erguido sobre um alto penhasco. As ondas chocam-se contra os rochedos, estilhaçando espuma branca e todos os matizes do azul. A brisa do Mediterrâneo esvoaça as gázeas cortinas rendadas. Penetro numa câmara onde lânguida letarge em seda negra a hostess, uma morena alucinada.

Ao eflúvio violeta do vinho tinto, ela dança ao som distante de um violino. Suas sinuosas formas sibilam ao lume sutil dos negros candelabros.

A música se esvai, as luzes esmaecem enquanto percorro afoito os meandros da mansão a sua busca. Tudo se dissipa e entrevejo que a câmara do palácio não é senão o porão de um sobrado na periferia de Albuquerque, no Novo México! Surge à minha frente Honey Moon, uma morena lânguida com um anel dourado de caveira no dedo. Estamos em pleno deserto do Novo México. A região é visada: em Los Alamos se encontra o maior centro de pesquisas de armas secretas do mundo, onde a primeira bomba atômica foi criada e detonada. A poucos quilômetros está a cidade de Roswell, famosa por ter sido o lugar da suposta queda de um disco voador. Os mídias já folclorizaram, diluíram e ridicularizaram tudo isso, mas o pessoal de Albuquerque jura ter visto luzes e estranhos aparelhos de formas estranhas pairando sobre o deserto.

---

* *Psicose*, clássico do suspense de Alfred Hitchcock no qual ocorre a antológica cena do esfaqueamento no chuveiro.

Albuquerque

Percorro com Honey Moon a periferia de Albuquerque. Aqui se encontra a mais bizarra arquitetura do mundo, verdadeiro cenário de filmes trash de ficção científica. Vagamos por um cemitério de automóveis à procura de uma bizarra casa noturna. Finalmente consigo avistar entre o ferro retorcido várias pessoas entrando num grande alçapão clavado no solo de areia. Pela escada esfumeada descemos a um espaço ornado com destroços de carros. O som é ensurdecedor. Vultos se contorcem ao ritmo primal do trash. Estrobos flasheiam os contornos voláteis por entre as peças de metal. Honey dança à minha frente. Não consigo pensar noutra coisa senão nas tetas da Honey Moon sob o ousado decote negro. Um telão projeta sem parar filmes de acidentes automobilísticos (*Crash*, bem ao gosto americano). No balcão, caubóis tomando tequila; louras de minissaia e botas; hardcores de todos os naipes, o paranormal texano Jesus B. Christ, chicanos ilegais, executivos embriagados e um grupo de hell's angels locais. A América, do Alasca à Patagônia, é o continente mais xamânico, solene e mágico do mundo.

Mas os verdadeiros donos do pedaço são os *peles-vermelhas*. Nesse deserto, os Hopi, Pueblos e Mescaleros há milênios praticam rituais com o *Psilocybe mexicanensis**. Segundo a mitologia indígena, essa região (principalmente Los Alamos) vem há mais de dois mil anos sendo assolada por uma força nefasta que visa à extinção da humanidade. Os curandeiros indígenas desde tempos ancestrais praticam rituais tentando anulá-la. E esse foi precisamente o local escolhido pelos Sikhs indianos para seu Ashram. Centenas de hectares foram comprados pela comunidade que conta com mais de cinco mil seguidores (só nos Estados Unidos). Os índios, por sua vez, há muito os aguardavam: segundo a mitologia Hopi, "um grande número de orientais viria da Índia no fim do século XX para ajudá-los a evitar a total destruição do planeta".

---

* TURISTAS BRASILEIROS QUE VIAJAVAM AO TRIÂNGULO DAS BERMUDAS TIVERAM SEU DINHEIRO E VALORES DESAPARECIDOS

Um grupo de turistas composto em sua maioria por senhoras idosas de um centro ufológico de Niterói, ao viajarem ao Caribe pela Iniciaturismo, uma agência de "turismo iniciático" do Leblon, tiveram seu dinheiro e objetos de valor desaparecidos misteriosamente enquanto dormiam. Segundo o presidente da agência, o esotérico prof. Longsam Rimpoche, o fato é perfeitamente normal e explicável pelo fato de ter ocorrido naquela região, negando-se terminantemente a indenizar os turistas. A agência já tivera tempos atrás problema semelhante com um grupo que levara à Área 51 no deserto do Novo México. O delegado Ricardo Ventucci, de Niterói, declarou que a coisa é muito suspeita e vai averiguar. Segundo as velhinhas, o fato nada tem de paranormal, sendo mais uma armação da "quadrilha" do prof. Rimpoche. www.elephantos.com

Casikhs

Fim dos tempos! Deserto do Novo México. O sol poderoso incandesce a areia sob rajadas do forte vento. Centenas de sikhs e pele-vermelhas confraternizam-se numa grande cerimônia em pleno deserto. Com minha túnica branca penetro na ululante mandala humana. Pajés grafam signos mágicos enquanto os Sikhs entoam mantras. Hordas de Hopis, Pueblos e Mescaleros dançam circunfeéricos na Rave do Armagedom.

No violento vórtice vislumbro os voláteis volteios dos peles-vermelhas. Mescaleros vociferam cânticos amplificados nas poderosas colunas de caixas acústicas. Helicópteros e F-18 sobrevoam o deserto. Sikhs em lótus espalham-se pelas dunas.

SÃO PAULO

Novamente na Universidade de São Paulo (após sete longos anos para graduar-me em Filosofia Pura) tento assistir a uma defesa de doutoramento. No auditório, dezenas de pessoas aguardam a chegada da banca examinadora que arguirá a tese *A Psicanálise do Fogo em Gaston Bachelard*. Achei o tema interessante e a meu lado se encontra a encantadora Luciana, uma estudante de psicologia do Mackenzie.

A doutoranda, uma gorda ruiva e descabelada, empunha toda prosa sua tese de mais de oitocentas páginas. Sou até convidado para a festa regada a champanhe francês e whiskey de primeira linha que aconteceria logo após o evento. Ao ver sua expressão tensa e ansiosa, lembrei-me do grande amigo (um dos maiores prosadores brasileiros) Raul Ficker, que me segregara ter ficado mais inquieto em sua defesa de mestrado na Unicamp que como réu no julgamento que o levaria ao Carandiru.

Mas o Departamento de Psicologia da USP traz-me muitas recordações. Foi precisamente em seu antigo anfiteatro que tive o privilégio de assistir à palestra de Michel Foucault, um dos mais importantes filósofos contemporâneos: o auditório estava totalmente tomado pelos maiores luminares de nossa intelligènzia. Foucault discorria brilhantemente sobre o tema "A História da Loucura" quando adentrou o salão um bebum empunhando solene uma garrafa de cachaça. Cambaleante, o pinguço (que fora aluno do Departamento de Filosofia da USP) acercou-se do grande pensador francês exclamando:

– É isso aí, cara! Você sacou a verdade!

Foucault (que estudara e convivera com psicopatas a vida toda) continuou imperturbável sua preleção por mais alguns minutos e, sorrindo, retirou-se inesperadamente dizendo:

– Pessoal, nosso amigo vai prosseguir este papo sobre a História da Loucura.

O tumulto foi geral e a filósofa Marilena Chauí, perplexa, clamava sem parar:

– O que a França irá dizer disto?

A psicanálise do fogo

Três horas da tarde e nada de defesa de tese. A gorda cada vez mais desesperada e descabelada consulta nervosamente o relógio. Chove muito e um raio precipita-se sobre o prédio estremecendo as luminárias. Um súbito apagão deixa-nos no escuro, e o clima está tenso. O jovem poeta Gustavo Arruda aproveita a deixa para declamar alguns de seus inspirados poemas, editados em Lisboa. Chega finalmente a banca examinadora composta por professores da USP e um professor convidado da cidade de Uruguaiana. O psiquiatra gaúcho ganhou a simpatia de todos ponderando:

– Que chuva e que frio, tchê! Até parece o vento minuano lá do Sul!

No já manjado "clima de panelinha", um a um, os luminares uspeanos esboçam desde críticas suaves a rasgados elogios à doutoranda que fazem ulular sua orientadora. Tudo corre às mil maravilhas até chegar a vez de nosso peculiar "psiquiatra da fronteira", que dirige à doutoranda o mordaz comentário:

– Mas que barbaridade, tchê! O que esta guria escreveu sobre a "Psicanálise do Fogo" é tão absurdo e desarticulado que apenas existe uma maneira de dar coerência interna ao texto.

Tirando um isqueiro do bolso, o gauchão num relance ateia fogo ao calhamaço de mais de oitocentas páginas! Ao ver sua tese ardendo em chamas e seu doutorado indo por água abaixo, a gorda abandona o local gritando coisas incompreensíveis, amparada por sua consternada orientadora.

Só faltou a Marilena Chauí para comentar:
– O que a França irá dizer disto!

SAN FERNANDO (Trinidad Tobago)

Eu canto o corpo elétrico!

Walt Whitman

A alma imersa em delícias jamais será maculada

William Blake

De Caracas, na Venezuela, pego um barco a Trinidad Tobago. Singrando o Caribe chego à noite em San Fernando. Com sua população de maioria negra, a ilha de Trinidad vem recebendo hordas de imigrantes indianos e paquistaneses. Tento decifrar nestas praias a insólita fusão musical entre essas duas culturas, na tentativa de engendrar o Ragarumba, entrelace entre os milenares ragas indianos e os ritmos caribenhos como o merengue, o mambo, o socca, a salsa, etc. Desenvolvo esse trabalho com Edwin Pitre, o grande baixista panamenho e doutor em musicologia afro-caribenha. Sobre um penhasco junto ao mar, um grupo de steelband (marimba feita com tambor de petróleo) ecoa seu alegre pulsar ao céu estrelado.

Orgonautas

No simpático e econômico barzinho Tropical Mandal* (o dono é indiano) degusto um impecável Mango Daikiri (preparado com o excelente rum local) rebatido num perfumado camarão com curry e no magnífico Badan Pulao indiano (arroz com especiarias, amêndoas, castanhas e leite de coco) muito bem acompanhado de Dagmar, uma competente psicóloga reichiana alemã da Universidade de Berlim. Esta belíssima loura prussiana pesquisa aqui junto a dois cientistas da renomada instituição a alta concentração de orgônio nas praias caribenhas.

* Tropical Mandal, Pointe-a-Pierre Road, 354, San Fernando.

Wilhelm Reich, discípulo de Freud, em sua célebre *A função do orgasmo*, introduz a noção de orgônio, partícula de energia etérea suspensa na atmosfera. O dionisíaco orgônio, segundo Reich, teria a função de exorcizar qualquer tipo de neurose ou depressão. O corpo imantado pela energia magnética do orgônio seria, segundo Reich, o corpo saudável. Freud centrava sua terapêutica no discurso mental do inconsciente, enquanto Reich, na energia orgônico-sexual*.

Os tentáculos da volúpia malabarizavam os limites da realidade

Sentam conosco Rudolf e Wolf, circunspectos psicólogos reichianos, assistentes da alemã. Mas após alguns daikiris, comida indiana bem apimentada e muita risada, o gelo teutônico quebra-se** e acabo por ser contratado como intérprete (espanhol, português e inglês) na viagem que farão de "mapeamento orgônico" pelo Caribe. Rudolf me revela que, nas praias tropicais, a energia orgônica é muito intensa e que dali seguiríamos para St. George's (Granada), Fort-de-France (Martinica), e Gonaives (Haiti) existindo também a possibilidade de uma possível conexão às costas brasileiras.

A soca

Na manhã seguinte partimos num táxi rumo às praias tropicais de Trinidad. Passamos por uma grande e pitoresca estátua de Mahatma Gandhi. O motorista, típico negão caribenho de camisa florida e óculos

---

* William Reich chegou a conceber máquinas que imantavam e acumulavam o orgônio. Um grande amigo, o renomado psicólogo espanhol franciscano Xavier Sanz, garantiu-me que a engenhoca realmente funciona.

** Contei-lhes que em Niterói existe o Condomínio Sigmund Freud (condomínio de consultórios psiquiátricos), composto pelos conjuntos ID, EGO e SUPEREGO. Num desses consultórios, um psiquiatra local aconselhou a um músico que lhe confessara ter oito personalidades diferentes:
– Por que vocês não fazem uma jam session?
Outro episódio inenarrável envolvendo psiquiatria deu-se em São Paulo, no Ipiranga, onde um grupo de entusiastas da psicanálise resolveu erguer uma estátua de Sigmund Freud. A escultura permaneceu vários meses num logradouro do bairro até que, por ser considerada ilegal, foi recolhida ao depósito da Prefeitura.
Na mesma época, após o falecimento de um pizzaiolo muito querido no Bixiga, os moradores locais também tomaram a iniciativa de erigir uma grande escultura que o retratava correndo carregando uma pizza num ângulo de 45 graus. A estátua também acabou por ser retirada, e no depósito municipal colocaram-nas frente a frente numa cena bizarra: o pizzaiolo parecia estar correndo na direção de Freud para atirar-lhe a pizza na cara. O grande psiquiatra vienense, por sua vez, em defesa, empunhava seu grande guarda-chuva.

Ray-ban, dirigia maneiro cantando Soca* em patoá o tempo todo. As cores vivas de sua blusa florida cintilavam iridescentes à turmalina extremo do Caribe. Rudolf e Manffred, de avental branco, monitoravam compenetrados os orgonômetros digitais enquanto Dagmar anotava pacientemente os dados.

Sigmind Freud

Passamos por praias paradisíacas imersas em pura luz. Mas a alemã era muito provocante. Não conseguia pensar noutra coisa senão em Dagmar de biquíni. Na véspera ela segredara-me que tudo que eu necessitava era de uma "gostosa patroa prussiana". A certo momento, Rudolf grita em voz alta:
– Parem o carro! Os aparelhos acusam grande concentração de orgônio!
O negão dá uma forte brecada e proclama:
– Fica sempre assim depois que chove!

SÃO LUÍS DO PARAITINGA

Delirium tremens diante do Paraíso

Roberto Piva

Uma tarde
é suficiente para ficar louco
ou ir ao Museu ver Bosch

Roberto Piva

Eu vi os anjos de Sodoma semeando
prodígios para a criação não
perder seu ritmo das harpas.
Eu vi os anjos de Sodoma crescendo

---

* Soca (Soul Of Caribe), música típica de Trinidad Tobago.

> *com o fogo e de suas bocas saltavam*
> *medusas cegas.*
> *Eu vi os anjos de Sodoma desgranhados*
> *e violentos aniquilando os mercadores,*
> *roubando o sono das virgens,*
> *criando palavras turbulentas.*
>
> Roberto Piva

A palavra selvagem

Sou convidado pelo poeta Roberto Piva a participar do Encontro de Arte Alternativa que ocorreria na tradicional cidade interiorana de São Luís do Paraitinga. Patrocinado por várias ONGs e grupos de rock locais, seria um evento paralelo às comemorações oficiais do aniversário da pacata cidade.

Num belíssimo domingo de sol e céu azul, chegamos com o escritor e ensaísta Cláudio Willer e o inspirado poeta Roberto Bicceli à sua simpática pracinha. Estávamos morrendo de fome e fomos calorosamente recebidos pelo produtor do evento, um baixinho de terninho verde que ostentava uma longa barba gnômica chamado Eugênio de Lima. Todo lampeiro mostrou-nos sua carteirinha da União Brasileira dos Escritores, recitando um de seus inspirados e geniais poemas de temática surreal.

O bardo abissal

Naquele momento, lembrei-me de uma cena passada em plena época de Natal na lendária loja Hi-Fi Discos da rua Augusta. Entre lâmpadas coloridas e motivos temáticos, todos estavam imbuídos do espírito natalino. Ao entrar, deparei com Piva de costas, escolhendo discos na seção de jazz. Nisto, uma velhinha aproxima-se do bardo paulistano e diz-lhe:

– Senhor, poderia dar uma colaboração à Associação da Criança Defeituosa?

Piva, com o punho cerrado, proclama em alto brado:
– Abaixo a criança defeituosa!

Jeca Tatoo

A longa viagem abrira-nos o apetite e fomos logo conduzidos ao restaurante local, onde degustamos a excelente culinária interiorana com seu emblemático leitão à pururuca regado a fartos goles da soberba cachaça da região* (lendária desde os tempos coloniais). Piva, profético como sempre, desatou a falar sem parar sobre xamanismo & poesia & surrealismo & *beat generation* e quando nos demos conta, já havia passado a hora da performance. Enquanto não aparecíamos, colocaram para tapar buraco o bizarro grupo punk sertanejo (country-punk) Menino da Podrera**. Rumamos rápido à pracinha, onde poderosas caixas de som (dos metaleiros locais) já estavam preparadas para nossa leitura poética. Piva pega o microfone e inicia um de seus mais viscerais poemas:

> Eu sou a viagem de ácido
> Eu sou o garoto que se masturba
> Na montanha
> Eu sou o tecnopagão!

Tangia meu *sitar* acoplado a um *reverber* vintage de mola e uma câmara de eco Ecoplex (de fita) e os acordes dilatados pontuavam as palavras proféticas de nosso querido Bardo. O técnico de som, um cabeludo heavy metal, guitarrista do grupo harcore local Jeca Tatoo***, entusiasmado com o valor artístico do espetáculo, aproveitou para aumentar ainda mais o volume. Piva, inspirado, continuava:

> eu sou o cavalo de Exu
> ebó
> do meu coração
> despachado
> nas encruzilhadas dos cometas!

Nesse instante, noutro lado da praça, surge inesperadamente uma grande procissão tendo à frente a imagem da padroeira da cidade. Centenas de fiéis, liderados pelo prefeito, o bispo, o delegado e autoridades locais, revoltados com a poética incômoda de Piva, partiram em nossa direção, iniciando um violento bate-boca que acabou em pancadaria generalizada. Enquanto Willer era ameaçado pelas costas, Bicceli recha-

---

* A cachaça típica de São Luís do Paraitinga é a lendária Luisense.
** www.sonoplast/meninodapodrera.com.br
*** www.sonoplast/jecatatoo.com.br – www.sonoplast/vandesgovernada.com.br

çava no muque os fiéis. Tivemos de sair correndo de lá, e vendo meus honorários indo por água abaixo, perguntei sobre o pagamento ao gnômico baixinho, que, esquivo, olhando-me de esguelha e saindo à tibetana, entregou-me seu cartão de visita em que se lia:

Eugênio de Lima

Modelo Fotográfico
da Revista Casa e Jardim

COIMBRA (PORTUGAL)

Estou quase convencido de que nunca estou desperto.
Não sei se não sonho quando vivo, se não vivo quando sonho,
ou se o sonho e a vida não são em mim coisas mistas, interseccionadas,
de que meu ser consciente se forme por interpenetração.

FERNANDO PESSOA*

Pode a morte ser sono, se a vida não é mais que sonho?

JOHN KEATS

A lógica panorâmica

Caminho pelas antigas arcadas da Universidade de Coimbra, famosa por seus literatos, poetas e eruditos que pelos séculos aqui passaram trajando suas lendárias "capas pretas".

Entro silenciosamente no amplo anfiteatro onde o professor Mourão, catedrático em literatura, inicia a palestra "A precisão da Língua Portuguesa".

---

* A essência da lógica lusitana reside no paradoxo. Me contaram que, num tribunal de aldeia em Trás-Os-Montes, o juiz perguntou aos jurados:
– Já chegaram ao veredicto?
– Sim, meretíssimo! Concluímos que a ré culpada é inocente.

– *Enquanto o mundo utiliza-se da "Lógica Panorâmica", cá em Portugal servimo-nos da "Lógica Restrita"**.

Após essas intrigantes palavras, discorre brilhantemente sobre a "Fenomenal precisão da Língua Portuguesa". Citando Pessoa, navegar é preciso, viver não é preciso, a lente abre para perguntas e aproveito a deixa:

– Professor Mourão, o ato de aqui chegarmos é denominado "parto". Onde estaria essa precisão de nossa língua?

– *Parto para vida!* – corrige prontamente nosso simpático scholar lusitano.

AMARNA (Egito)

Certa vez, numa taverna do Casbah de Tânger (Socco Chico), um mercador segredou-me que os antigos egípcios haviam decifrado o sentido do "miau" dos gatos que eram venerados e perambulavam por seus templos. Seu significado oculto seria o instigante "por quê?".

O sol rubro e dourado levitava sobre as áridas planuras quando avistei Amarna junto a meu grande amigo Ichirosan. Radicado no Cairo (atualmente reside em Paris), esse mestre zen nipo-brasileiro conhece profundamente os segredos do ayahuasca e da jurema. Pela

---

* O professor Mourão é o polêmico criador de uma tese em que prova extenuantemente em doze volumes que por trás de seus heterônimos havia o mesmo autor, Fernando Pessoa. O curioso é que ninguém jamais duvidou disto.

íngreme escada penetramos na tumba do faraó Akenaton. Ao contrário de outros sítios arqueológicos, como o Vale dos Reis e as pirâmides de Gizé, a região de Amarna é desolada e praticamente esquecida pelos turistas. Não poderia ser melhor: sentamos em lótus ao lado de onde se dispunha originalmente o sarcófago de Akenaton, de sua mãe e de sua esposa Nefertiti. O lugar está totalmente ermo pois milênios de saques e a transferência dos três corpos mumificados acabaram por despojá-lo de tudo.

Na força

Bebemos uma boa quantidade de jurema preta* de altíssima concentração. Pensei em Rodrigo, mestre da jurema em Campina Grande, e na mãe Iyá Lúcia do culto à jurema de João Pessoa**. Sentia-me como se estivesse no saguão internacional do aeroporto esperando a chegada do avião. Enquanto aguardava o efeito, lembrei-me da noite que passara sozinho no interior da mesquita de Córdoba (Escher dizia ter entendido a geometria neste templo) com um *purple haze* na cabeça. Ao caminhar pelos infindáveis corredores formados pelas colunas e arcos vermelho e brancos (que se projetavam ao infinito qual reflexos em espelhos paralelos), ouvia como corais reverberando nas gigantescas abóbadas as vozes ancestrais que emergiam do passado.

---

* A raiz da jurema preta (mimosa hostilis), planta encontrada em todo o nordeste brasileiro, possui dez vezes mais DMT que o Ayahuasca (Daime). O ritual da jurema, tradicionalmente associado à umbanda e praticado pelos índios e caboclos nordestinos, agora alastra-se aos mais importantes centros urbanos brasileiros e mundiais. A jurema possui a telepatina, substância que confere poderes telepáticos ao praticante. Referências ao culto da jurema existem em *O Guarani* de José de Alencar, sendo fato histórico que Antonio Conselheiro (do épico *Os sertões*) era mestre juremeiro. www.marsicano.tk – Jurema
** Ilê Axé Omidewá – Mãe Iyá Lúcia D'Oxum – Rua Dr. Hilton Guedes Pereira, 453, João Pessoa, PB. telefone 83 32127524 – www.ileaxeamidewa.ubbi.com.br

Sete cidades celestes da jurema

> *Estrela d'alva é minha guia*
> *Que alumeia sem parar*
> *Alumeia a mata virgem*
>
> Aldeia do Jacutá

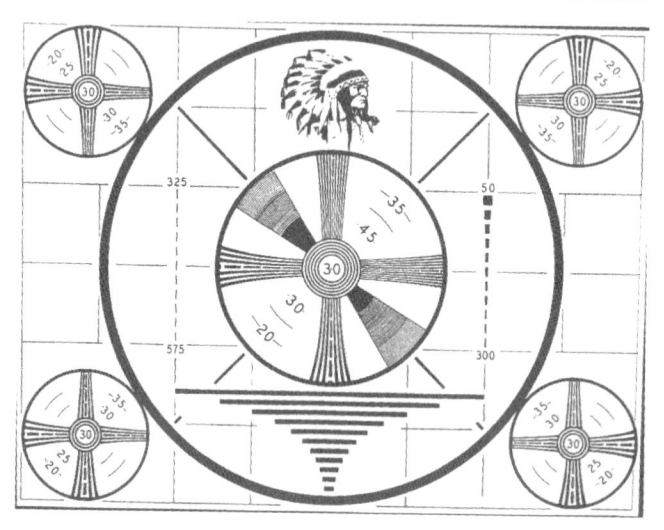

Akenaton

Entramos na força à luz difusa que emergia dourada e lânguida do cimo da escada. A infusão da raiz da jurema começa a pegar fundo e a energia torna-se cada vez mais intensa. Minha mente começa a oscilar, parecendo um rádio de ondas curtas fora de sintonia. Nesse momento, começa um verdadeiro empurra-empurra astral. Clamava ao Ichiro:
– Ichirosan, segura a onda!
Ele pálido respondia:
– Marsica, mestre zen é você: você é que tem de segurar a gira!
Já estava pensando em considerar a veracidade da lendária "Maldição da Múmia", quando diante de meus olhos surgiu a poderosa imagem de Aton!* Ouvia um som contínuo e profundo. Aquela visão conectava-me ao Egito antigo com sua dimensão agora situada no espaço

---

* A madeira dos sarcófagos egípcios dos faraós é feita do tronco da jurema.

com seus portais e templos luminosos! Vislumbrava em projeção o disco solar brilhando sobre os reflexos dourados das águas do Nilo e os sacerdotes de branco em suas longas margens.

Light motiv

Os desígnios da luz

Peguei a cítara e comecei a dedilhá-la suavemente*. A luz era intensa e brilhante. Filigranas de turquesa e ouro surgiam diante dos meus olhos. Mas um forte ruído vindo de cima suspendeu repentinamente nosso vaguear espectral.

> Que casa é aquela
> Que tem o portão azul
> É o reinado encantado
> Do Caboclo Pena Azul

---

* Trilha sonora – *Sitar and the Shaman of Amazon Rain Forest* – www.marsicano.tk

Nefer-neferu-aton

 Um barulhento grupo de ululantes turistas belgas irrompia na sala devidamente munido de máquinas fotográficas, mapas e filmadoras. Flashes eclodiam em *clusters* como bólides estilhaçando em luz minha tela mental. Mas a egrégora espiritual que nos envolvia era tão etérea que nosso estado de sortilégio e plenitude espargiu-se a todos. Akenaton resguardava pessoalmente o portal com seus soldados. Estávamos sem dúvida a bordo da mesma barca solar de Aton. Nesse instante solene, recitei o *Hino ao Sol de Akenaton*, pontuado ao som de minha cítara:

Hino ao sol

> Qual solene é vosso surgir no horizonte
> Ó Aton vivo, princípio vital
> Nascestes a leste no horizonte
> Espargindo por todas as terras vossa beleza!

CANAL DA MANCHA

> ***Whiskey***
> *rapidez dourada*
> *do acerto claro*
> *dúvida esmero*
> *de puro lero-lero*
> *ênfase lógico*
> *do chiaroscuro*
> *hesitante do ensueño*
>
> PEDRO DE SOUZA MORAES

> *Brilhavas entre os vivos como a estrela matutina; agora brilhas como a estrela vésper entre os que se foram.*
>
> PLATÃO

O ferryboat cavalga as grandes massas de espuma branca que se arrojam violentas pelo convés. Faz muito frio e no simpático barzinho degusto lentamente o dourado malte escocês Cardhu (aqui sem taxas) ao som lânguido de um guitarrista tocando standards de jazz numa Gibson Les Paul. Um francês cambaleante empunhando um copo de vinho tinto aproxima-se de uma mesa repleta de ingleses e exclama:
— A distância entre o ridículo e o sublime é apenas um passo!
— É o Canal da Mancha — pondera incisivo um dos fleumáticos britânicos.

Minha mente divaga e me lembro com saudade do grande amigo e poeta Pedro de Moraes*, que neste mesmo barco deixou cair ao mar (por acidente) seu passaporte brasileiro.

À meia-noite
a voz do encanto
se elide no entanto
através acasos precisos

Pedro de Souza Moraes

Futurível**

Pedro, emigrado astral de outro tempo e espaço. Vagueou entre nós como um príncipe da infranoite, como o erudito-filósofo da névoa púrpura da aurora. O conheci quando adolescente, ele declamava Catulo em latim nos amplos jardins do Observatório Astronômico onde morava. Habitué de si mesmo***, heterônimo do etéreo, mestre absoluto da linguagem inaudita, capturava o instante num vórtice malabarístico de imagens prismáticas, raras nuanças poéticas. Vate sideral do abismo, tangenciou os longes do ao redor suspenso envolto num halo de puro e sutil sortilégio.

Lex & co.

Chegando a Dover, na costa inglesa, sem passaporte, foi imediatamente detido e levado ao tribunal. Como é de praxe, o juiz — de peruca e tudo — iniciou a audiência com a costumeira pergunta:

---

* Organizei junto a Leda Tenório da Motta a antologia de seus poemas *Crônica das horas*, Ed. Iluminuras.
** A poesia verbal de Pedro de Sousa Moraes inspiraria em 1968 a música *Futurível*, de Gilberto Gil, gravada no antológico disco branco de Caetano Veloso.
*** Pedro costumava afirmar que não precisava de aplausos pois já tinha o aplauso interior...

– O senhor considera-se culpado ou inocente?
Pedro (paradoxal como sempre*) ríspido retrucou:
– Os dois!

E não foi esta a única vez que nosso poeta Pedro de Moraes** teve problemas com a lei: enquadrado por motivos políticos no fim dos anos 60, nosso poeta foi conduzido sem apelação ao Pavilhão 9 no Carandiru. Como era detentor de vasta e irrefutável cultura, acabaram por escalá-lo para dar aulas de português. Certo dia, quando iniciava uma preleção para mais de trezentos detentos do Pavilhão 9 sobre análise sintática, um negão no fundo da sala ergueu a mão perguntando:
– Professor, não consegui entender o substantivo abstrato, poderia nos dar um exemplo?
Pedro, empunhando solenemente o giz, grafou na lousa:

LIBERDADE

---

* Era alta madrugada quando Pedro, após passar por vários bares, voltava para casa. Numa sinuosa ladeira, seu carro esbarrou numa van, noutro carro, resvalando por um terceiro e quarto. Só se deu conta do ocorrido quando tentava empurrar o quinto. Luzes se acendiam nas janelas da vizinhança e os moradores, assustados com o tremendo estrondo, chegavam curiosos por ver o acidente. Um deles era proprietário do carro importado novinho que, por coincidência, era o mais amassado. Indignado ele gritava:
– Como você pôde fazer isso?
Pedro calmamente respondeu:
– A rua estava escura, as luzes todas apagadas e no céu nem a lua; na verdade choquei-me com "sombras sólidas"...
** Pedro certa vez contou-me que um boyzinho de uma cidade do interior de São Paulo, rebento de tradicional família da região, traçou uma mulata menor de idade. Isso não costuma dar maiores problemas, mas a beldade nativa era a porta-bandeira da escola de samba local. A imprensa tomou as dores da menina e a coisa acabou nos tribunais. No julgamento, enquanto o promotor pedia pena de morte a nosso garanhão interiorano, o juiz (também de família tradicional) o declarou inocente, proclamando que tudo não passara de um mero "fornicatio simplex"!

SHOGOJI (JAPÃO)*

A Gozo Yoshimazu

      lua nova
      ninja
      do espaço

O vazio embalado a vácuo

Also spracht Zerotruster

JAMES JOYCE

Zemblante

    Numa manhã ensolarada e de céu azul de sábado, envio uma carta vazia ao mosteiro Zen Shogoji (sul do Japão), a meu grande amigo e mestre zen Chico Handa.

    Quando o envelope chegou ao pequeno santuário em meio ao mato (lá não há sequer luz elétrica) o espanto foi geral.

    Mas Chico Handa revelou-me posteriormente (no BH Lanches da rua Augusta) que dias após o recebimento da missiva um monge zen americano, fazendo uma alusão à carta vazia, desabafara ao mestre Tido:

    – Estou praticando o zen há mais de cinco anos e nada até agora ganhei...

    – Você está aqui para perder, e não para ganhar! – pontuou Tido.

O tengu
Tai Tengu, Sho Tengu
Tai Tengu, Sho Tengu
Tai Tengu, Sho Tengu

    Poucos sabem, mas no Japão existe um zen xamânico conhecido como gokito. Qual o budismo tibetano, no zen ocorre um sincretismo com o xamanismo pré-budista. No final de abril um grande festival é realizado na ilha de Shikoku. São convocados os shugendo – ascetas das

---

* Trilha sonora: www.marsicano.tk – Cherry Blossom

montanhas que ressoam seus grandes búzios em forma de caramujo, evocando os espíritos das florestas. Junto a eles, uma longa fileira de monges zen com seus mantos negros sobe a escadaria de mil degraus, percutindo seus guetas (tamancos). No interior do mosteiro apenas ingressam os monges e iniciados e ali inicia-se o ofício gokito, os exorcismos e encantamentos.

Numa das paredes dispõe-se uma grande representação de Tengu: cabelos longos que caem sobre os olhos e nariz pontiagudo. Tengu, espírito e guardião da mata, é uma entidade lendária e respeitadíssima em todo o Japão. Tengu manifesta-se em duas versões: uma com cabelo comprido, vestido como os ascetas das montanhas, e outra como Karasu Tengu, com o rosto de corvo. Essas duas formas guardam os portais do santuário, no lugar dos tradicionais guerreiros Nio.

Lua n'água
entre pétalas
alumbra o abismo

Inari

Outro mosteiro onde se pratica o zen xamânico é o Toyokawa Inari. Nesse santuário, a entidade cultuada é Inari, a raposa. Na sala de exorcismo, duas magníficas representações da raposa guardam a entrada, impedindo que forças negativas impregnem o ambiente. Rufando energicamente o tambor, o monge parece em transe. Canta trechos do Sutra do Diamante.

Poema sem palavras
harpa sem cordas
portal sem portas

RIO DE JANEIRO

Não sou anão, sou concentrado.
NELSON NED

Ergomina

A tomada da pastilha

Rave no Rio. Imerso no lótus róseo-alaranjado do crepúsculo carioca, encontro-me no Parque de Diversões Terra Encantada diante de uma enorme coluna de alto-falantes que está sendo erguida para o megaevento que começará à meia-noite. Uma imensa nuvem dourada esboça no céu a forma de um dragão. Penso nas encantadoras ravers Fê e Martina. Num quiosque de minipizza aguardo com o DJ Anvil FX e a produtora Luci a passagem de som.

O raver interiorano

Degusto uma minipizza e alguns doces multicores, quando me vem à cabeça a lendária rave em São Carlos, interior de São Paulo, quando me apresentava com o DJ Ramilson Maia (inventor do drum'n'bass). A multidão de dançarinos ululava quando a música foi interrompida quando subi ao palco. A multidão estática esperava ansiosa (bota ansiosa nisso). Mais de cinco mil pessoas na pista e os "técnicos" não conseguiam amplificar meu som: a cítara estava totalmente muda. Ramilson sinalizava arfante aos operadores que tentavam de tudo sem nada conseguir. (Depois fiquei sabendo que o responsável pela sonorização havia ido dormir.) A multidão gritava desesperada quando sobe ao palco num pulo um estranho raver interiorano. Verdadeira simbiose entre clubber e caubói, era um gigante de mais de dois metros envergando um grande chapéu de rodeio e

o cabelo verde raver. Trincado, armado e com duas latas de energetizante Pit-Bull na mão, o Tecno-Sérgio Reis bicudão gritava:
— Toca aí, cara! Toca aí!!!

Os sete anões ravers

O parque está sendo fechado e apenas o pessoal da rave tem permissão para permanecer no local. Peço mais uma minipizza, enquanto Anvil FX sorve goles fartos de uma fanta laranja geladíssima. De repente, sete anões performers do parque acercam-se e sentam à nossa mesa. Pelo jeito, estavam querendo passar-se por ravers evitando assim o salgado ingresso de cinqüenta reais. Via a cena em 3D que primava pela extrema surrealidade: um deles, o Atchim, ia direto ao banheiro e, de óculos escuros, saía bicudão bailando em ritmo tecno. Sua atitude irreverente e debochada provocava a ira do Zangado, que não parava de criticá-lo. Mas o ponto alto do encontro foi o momento em que um dos anões (o Risonho) entregou-me algo parecido com os flyers das raves. Era o panfleto de sua candidatura a deputado federal pelo Partido Verde ("Apoio cultural Gabeira"). Sorridente e bem falante qual político tarimbado, distribuía as filipetas, exclamando sem parar:
— Vote em mim! Vote em mim para deputado federal!
O negão pizzaiolo, ao receber o impresso, indignado exclamou:
— Isso é um absurdo! Sabe que você não tem estatura para assumir um cargo público no Congresso brasileiro!
— Sou o candidato das minorias! — exclamou incisivo o baixinho...
Em meio à confusão, o Atchim reaparece de mãos dadas com uma louraça sueca raver de dois metros de altura:
— É isso aí, pessoal — disse ele todo prosa, saindo furtivamente com ela rumo a um curioso castelinho (da Bela Adormecida) que ficava à nossa frente.
Aproveitei a deixa para perguntar ao Zangado se o Atchim era realmente um garanhão:
— Que garanhão nada! — respondeu sarcasticamente o Zangado.
— No mês passado fomos contratados para uma performance numa casa noturna em Hamburgo (em St. Pauli) e os gays alemães atiravam o Atchim para cima e o encaixavam qual jogo de bilboquê!*

---

* Certa vez, no centro do Rio de Janeiro, em pleno verão, estava num elevador quando adentrou um anão de terno italiano e pastinha 007 ladeado por altos executivos da bolsa. Ao entrar, o anão profere o inquietante comentário:
— O governo não está fazendo nada pelo microempresário!

LEEDS (INGLATERRA)*

Trafalgar Square, centro de Londres. A estátua do Almirante Nelson contracena impávida com a volátil revoada de pombos na fria tarde de outono. Caminho até Picadilly Circus, onde encontro Peggy, uma amiga que escreve na revista *Time Out*. Ontem, num pub, havíamos combinado de viajar até Leeds para o show de Frank Zappa.

Pegamos a Northern Line em Leicester Square e na King's Cross compramos as passagens. Jamais esquecerei a visão da cidade industrial de Leeds rabiscada na velocidade bala do trem ouvindo "Uncle Meat" dos Mothers of Invention.

O estádio do Leeds United estremece quando Zappa surge iluminado, empunhando uma guitarra semiqueimada (que pertencera a Jimi Hendrix**), e vocifera o primeiro acorde. Peggy comenta que quando lhe perguntou qual amplificador mais gostava de usar nos shows ele lhe respondera que era o Pig Nose (minúsculo amplificador a pilha) em cuja frente colocava um microfone de voz. Outra invenção de Zappa é adaptar um captador na extremidade do braço da guitarra (perto das tarraxas) que registra o som acústico das cordas, com uma pequena defasagem (delay) ao elétrico.

Turbilhões-ogivas de fluxos estridentes sob a luz policrômica dos refletores. Cápsulas cristalinas de som arrojadas velozmente em amplos feixes vibráteis.

Zappa***, o grande maestro das refrações do abismo, conduz a fluctívaga corrente elétrica que dionísea irradia-se pelo estádio. Ao fim do

---

* O conceito de descentralização é fundamental para entendermos o processo cultural contemporâneo. Atualmente, a cultura viva e criativa descentralizou-se de Paris a Marselha; de Lisboa ao Porto; de Amsterdã a Roterdam e assim por diante. Este processo já começa a ocorrer nos anos 60 com os Beatles eclodindo em Liverpool, Rolling Stones em Manchester, Pink Floyd em Cambridge, Black Sabbath em Birmingham, etc.
** Trilha sonora CD *Sitar Hendrix* com a banda Marsicano Sitar Experience – Sonic Wave (USA). www.marsicano.tk. Músicas *A Sitar Tribute to Jimi Hendrix* (Marsicano Sitar Experience), perso.wanadoo.fr/hendrix.guide/tributes.htm. Zappa interpreta magistralmente *Purple Haze* de Hendrix no CD *The Best Band You Have Heard in Your Life* (1991)
*** Frank Zappa candidatou-se na década de 80 à presidência dos Estados Unidos. Num debate em rede nacional com os candidatos, Ronald Regan (candidato à reeleição) perguntou-lhe se achava que seria um bom presidente para os Estados Unidos. Zappa respondeu-lhe:
– Será difícil ser pior que meus antecessores.

bizarro ritual, Peggy sugere trocarmos uma idéia com ele no camarim. Com o salvo-conduto de sua carteira da *Time Out*, penetramos as catacumbas daquele coliseu.

No camarim, enquanto os músicos batem papo com um grupo de yuppies franceses, Zappa, ao fundo, bebe no gargalo fartos goles de vinho Chianti. Hesitantes nos aproximamos e sou apresentado por Peggy como citarista brasileiro. Zappa, sorrindo, aperta-me firme a mão e ela pergunta-lhe se a guitarra queimada era realmente de Hendrix. Hesitante, Zappa responde que não tinha muita certeza e que pagara por ela cerca de cinco mil dólares a um negão do Harlem. Um dos yuppies franceses chega até nós e exclama:

– Frank, você é o maior guitarrista do mundo!

Zappa, com cara de bode, o interrompe dizendo:

– Não sou guitarrista, mas escultor!

Todos começam a rir tomando como *nonsense* a resposta. Notei um preciso rigor em suas palavras, e ele então, mirando-me, proclama:

– Esculpo massas de ar que saem das grandes colunas de alto-falantes!

SÃO PAULO

Se Deus fala pela boca do telepastor Billy Graham,
então Deus é um imbecil.

ROLAND BARTHES

Vislumbravam-se no céu os primeiros clarões da aurora quando, após uma noite de abusos etílicos, sugeri a Pedro Moraes e Bento Prado Jr. que prosseguíssemos a balada no apartamento de nosso querido amigo poeta. Eram sete da manhã quando repentinamente toca a campainha. Pedro dá uma rápida geral na mesa e, intrigado, abre a porta e depara com um grupo de testemunhas de Jeová. Começa então uma inenarrável discussão teológica em que Pedro rebate prontamente os argumentos dos crentes com precisos postulados bíblicos. Bento coloca as mãos sobre o rosto tentando conter o riso.

— Estamos no Apocalipse e seremos todos julgados – proclama a testemunha de Jeová.
— Mas Cristo afirmou: "Não julgueis para não serdes julgados!" – retruca Pedro argutamente.
Bento dá uma estrondosa gargalhada. A crente, não tendo pique para prosseguir, se esquiva dizendo:
— Admiro seu profundo conhecimento bíblico e percebo que o senhor está buscando a verdade.
Pedro, com ar de desdém, aponta o gravador sobre a mesa e profere a contundente sentença:
— O QUE É A VERDADE SENÃO A TECLA PAUSE DA DÚVIDA?*
Exorcizados pela cristalina observação de nosso poeta-filósofo, os crentes abandonaram rapidamente a área, fugindo escada abaixo.

RIO DE JANEIRO

Na doce e cálida madruga de primavera caminho pela avenida Nossa Senhora de Copacabana muito bem acompanhado de Michele, uma psicóloga e modelo carioca. De calça de couro e um cintilante cinto preto country, ela comenta que após três anos em Roma, Tóquio, Florença e Milão não trocaria nada pelo Rio by night. O céu estrelado num poético azul extremo projeta-se qual campânula gósmica sobre o mar violáceo cujo marulho reverbera na ampla concha acústica da praia. À suave brisa caliente, em estado de êxtase, beijo Michele e resolvemos tomar uma última em Ipanema.

Tudo estava fluindo suave num ritmo salsa-bossa até que, ao pegarmos o carro, não o encontramos. O negão que tomava conta insiste que nada vira, mas com certeza o carro havia sido roubado.

---

* Certa vez convidei Pedro para assistir a uma peça teatral e ele ríspido falou:
— Só irei ao teatro quando inventarem a tecla FF (adiantamento de cena) para atores.
Em outra ocasião, passávamos por um quiosque onde estava escrito "VÁ AO TEATRO", quando um ator exaltado ofereceu todo saltitante um ingresso a Pedro dizendo:
— Vá ao teatro.
Pedro respondeu:
— Não vou!
— Mas por que não? – retrucou ele indignado.
— Porque não gosto de gente gritando comigo...

Rio by night

Delegacia de Copacabana, três da madruga. Senhoras de idade, adolescentes de piercing, travestis, putas, turistas estrangeiros, góticos cariocas (só saem à noite) e um motoqueiro travadão de Niterói comprimem-se pelos bancos de madeira na esperança de serem logo atendidos. Michele, inconsolável, chora no meu ombro lastimando a perda de seu estimado carrinho importado e instintivamente abraço-a acariciando profundamente seus vigorosos seios.

A senhora de idade japonesa à frente, num olhar de reprovação, dirige-me o ríspido e mordaz comentário:

– "Consorando", né?

Os travestis começam a dar escândalo e um traficante da Rocinha passa algemado. Um pugilista amador que fora roubado diz jocosamente que estaria preparado para até doze assaltos, mas esse fora o décimo terceiro. Um verdadeiro nocaute. A senhora de idade pondera que no Rio só ocorre o "último round" com a morte do assaltável.

Somos finalmente atendidos e o delegado, ao fazer o B.O., desabafa que carros desaparecidos em Copa são muito difíceis de recuperar. Nesse momento entra na sala um cidadão vestido de mosqueteiro, empunhando solene um florete e escoltado por dois policiais. O delegado atônito exclama:

– E o senhor?

– Sou "mosqueteiro" e estou chegando agora...

PANAMÁ (Panamá)

O século XX não será lembrado como o século do marxismo,
mas como o século do surrealismo!

Octavio Paz

A literatura latino-americana trafega forçosamente pelo surrealismo: Borges, Cortázar, Lezama Lima, Octavio Paz, José Angel Astúrias. Penso na obra magistral e solene de David Alfaro Siqueiros, cujos murais mescalínicos escaneiam solenes a realidade política de nosso continente numa versão astecopsicodélico-marxista. América Latina é a região mais mágica, milenar e fascinante do mundo! Embora adormecida, hipnotizada, eclipsada, voduzada, zumbizada e obscurecida pelos colonialismos & imperialismos, deverá eclodir em nosso século, revelando todas as suas cores e pujança!

André Breton

Na Cidade do Panamá, caminho ao encontro do poeta Julio Castellar, que, segundo informações, teria pertencido ao fechadíssimo círculo do surrealismo francês na década de 60.

Percorro a Via Argentina e acabo por entrar no Café El Prado, onde Julio espera-me, sentado ao fundo com olhar taciturno. Peço uma garrafa de seco (forte aguardente panamenha) e uma generosa e perfumada porção de arroz com *pollo*. Após alguns tragos, aproveito a deixa para perguntar-lhe:

– Julio, é verdade que você conheceu pessoalmente André Breton?

– Meu caro Marsicano, tudo começou em 1961, quando me tornei o representante no Panamá do movimento surrealista. Breton concebia o surrealismo como um movimento político internacional (da mesma forma como seu amigo Trotsky pensava o partido comunista) com representantes oficiais por ele credenciados.

"Breton escrevia-me mensalmente perguntando como ia o surrealismo por estes lados. Em 1966 organizei uma exposição onde pesados murais de madeira que exibiam pinturas e poemas surrealistas eram interligados por fios de náilon. Os espectadores tinham de mover-se com muita dificuldade por esse emaranhado, precisando até engatinhar em certos locais da mostra. No dia da inauguração, a vernissage estava sendo um sucesso e centenas de pessoas contorciam-se por entre os labirínticos painéis. Mas a alegria durou pouco pois houve uma repentina falta de energia elétrica no bairro e no escuro total a multidão entrou em pânico, literalmente enredada no emaranhado de fios de náilon. A gritaria era geral e uma pesada divisória acabou por desabar sobre uma velhota de mais de oitenta anos.*

"Breton**, ao saber da história, ficou tão exultante que resolveu conhecer-me, enviando uma passagem de avião para a França. Chegando

---

* Parece que algo similar ocorrera em São Paulo na FAAP, com o magistral poeta surrealista paulista Sérgio Lima.
** Perguntaram a Breton:
– E o surrealismo, o que será?
Breton respondeu:
– O surrealismo será o que é!

ao aeroporto Orly, entrei o mais rápido num táxi, ansioso por realizar o maior sonho da minha vida: encontrar André Breton!

> A poesia se faz na cama, como o amor
> André Breton

"Chegando ao pequeno sobrado numa estreita rua parisiense onde o poeta morava, toquei a campainha mas ninguém atendia. A janela superior estava acesa e ouvia um murmúrio distante de vozes. Toquei novamente, bati fortemente na porta, mas nada... Mal sabia que naquele exato momento, no andar de cima, Breton agonizava na cama cercado por seus discípulos mais próximos. E bem no instante que ele iria escrever seu poema de morte, eu, arfante na rua, acabei por atirar um paralelepípedo na vidraça do andar superior, que se estilhaçou num forte estrondo.

"Breton tomou um tremendo susto e morreu na hora.* Os surrealistas que o cercavam, revoltados, desceram à rua a meu encalço e acabei por tomar um tremendo pau!
– Agora você me pergunta se conheci Breton?
– Cara, eu matei André Breton!"

JAJOUKA (Marrocos)

> *Três dançarinos saltam por entre o círculo.*
> *Um garoto galga a corrente como um surfista.*
> *Prostra-se ante os músicos com o corpo plugado a um cabo de alta tensão...*
> *Uma brisa de ozônio, maresia e cavalos. A aldeia, as colinas e o céu constelado*
> *parecem levitar arrojados ao espaço qual cena do Star Trek. Pan, o Deus Bode,*
> *nos encara enigmático e impessoal. Espreita através de uma miríade de olhos.*
>
> William Burroughs, Face to Face with the Goat God

---

* O poeta surrealista Roberto Bicceli contou-me que certo dia observava um caminhão de mudanças carregando um grande armário, quando um lençol preso a uma de suas portas desprendeu-se esvoaçando ao vento. Bicceli extasiado exclamou:
– Lá vai ao céu o espectro de André Breton!
No dia seguinte, o poeta gelou ao ler no jornal que Breton falecera na véspera.

Conéctar

Na estação de ônibus de Tânger, espero a conexão para a lendária praia de Agadir (a cidade das gemas preciosas). Um tipo de jelaba (longa túnica com capuz) convida-me a desfrutar a autêntica música marroquina em seu café no Socco Chico (parte antiga da cidade). O Casbah de Tânger! Ruelas labirínticas emaranham-se num rodopio dervixe de cores, sons e perfumes. Na pequena taverna, um grupo de alaudistas tange o Oud. Rastas contorcem-se ao som dolente da música e entre a densa fumaça do *kiff* o espaço e o tempo dilatam-se...

Ele oferece-me um copo de chá de hortelã e inicia uma intrigante conversa, contando-me que por esta época estaria ocorrendo um ritual ao deus grego Pan nas montanhas Rif. O Marrocos fora na antigüidade uma base avançada do Império Romano e ruínas dessa civilização podem ser encontradas por todo o país. Uma pequena aldeia, cercada e isolada por imponentes penhascos e bosques de pinheiros, ficara por milênios ilhada do mundo. Seus habitantes, que falam uma curiosa simbiose de árabe com o latim vulgar, são os mais autênticos guardiões dos resquícios dos rituais greco-romanos. No início de março, período em que na Roma antiga eram celebradas as cerimônias dionisíacas da Lupercália, comemora-se nessa aldeia as cerimônias evocativas a Pan.

Os derradeiros sacerdotes de Pan

De Tânger para Asilah e Larache. Uma estreita senda tortuosa de terra conduziu-nos às montanhas Rif. Seguindo em meio a um infindável bosque de pinheiros, chegamos finalmente a Jajouka. Por estas paragens passaram William Burroughs, Brian Jones e Jim Morrison. O ritual de Pan confirmara-lhes a dimensão orgiástica e dionisíaca de suas obras. Na aldeia, cinqüenta flautistas estridem um oboé em uníssono representando a tormenta. Outros cinqüenta percutem ferozmente grandes tambores que reproduzem o retroar dos trovões. Vejo os aldeões de branco sorrindo alegremente entre os cáctus azulados. Seus perfis são idênticos aos encontrados nas antigas moedas romanas.

Muitos escreveram sobre a antigüidade clássica. A imagem escolar que nos foi dada sobre a Grécia antiga é algo imaculado, branco e austero como as estátuas de mármore do museu de Athenas*. O universiota

---

* Gaudí costumava contar (para afirmar sua teoria da cultura policromática mediterrânea) que uma missão de arqueólogos alemães fora enviada à Grécia para analisar a função estética da brancura imaculada do mármore pantélico (cristalino como o açúcar), matéria-prima das esculturas e edificações helênicas da antigüidade. Voltaram decepcionados e tentaram até omitir a constatação de que tudo aquilo era pintado pelos antigos gregos com cores vivas e berrantes.

alemão Jaegger em seu volumoso e "respeitável" tratado *Paidéia* chega até a provar que os gregos seriam como os alemães: evangélicos! Mas a realidade é bem outra: o mundo greco-romano era algo essencialmente hardcore, orgiástico e dionisíaco. Um pequeno trailer da bizarria da antigüidade clássica é aqui revelada em 3D pelos derradeiros sacerdotes de Pan!

O sinal do olho aberto

Numa caverna um bode é sacrificado e sua pele quente e sangrante é arrojada sobre o torso desnudo de um menino eleito desde nascença para incorporar o deus Pan. Sob o céu constelado da lua nova, uma grande fogueira é acesa no centro da aldeia e um círculo de iniciados dispõe-se a seu redor. Ao som hipnótico das cinqüenta flautas e tambores, o menino coberto com a pele de bode envergando como cetro duas ramagens de folhas salta como um sátiro rangendo em transe os dentes. Eletricidade no ar! O ritmo acelera, as mulheres convulsionam os corpos até que, num vórtex orgiástico, o sátiro retira-se como surgiu. Uma forte energia esparge-se, tomando-nos por completo. Me vem à mente o "Hino a Pã", poema escrito por Aleister Crowley (com o nome de mestre Therion) e magistralmente traduzido por Fernando Pessoa. Este poeta encontrara-se com Crowley em Lisboa, sendo o último a vê-lo antes do misterioso desaparecimento do mago inglês em Portugal:

Hino a Pã (de mestre Therion)
Vibra do cio subtil da luz,
Meu homem e afã
Vem turbulento da noite a flux
De Pã! Iô Pã!
Iô Pã! Iô Pã! Do mar de além
Vem da Sicília e da Arcádia vem!
Vem como Baco, com fauno e fera
E ninfa e sátiro à tua beira,
Num asno lácteo, do mar sem fim,
A mim, a mim!
Vem com Apolo, nupcial na brisa
(Pegureira e pitonisa),
Vem com Artêmis, leve e estranha,
E a coxa branca, Deus lindo, banha

Ao luar do bosque, em marmóreo monte,
Manhã malhada da âmbrea fonte!
Mergulha o roxo da prece ardente
No ádito rubro, no laço quente,
A alma que aterra em olhos de azul
O ver errar teu capricho exul
No bosque enredo, nos nós que espalma
A árvore viva que é espírito e alma
E corpo e mente – do mar sem fim
(Iô Pã! Iô Pã!),
Diabo ou deus, vem a mim, a mim!
Meu homem e afã!
Vem com trombeta estridente e fina
Pela colina!
Vem com tambor a rufar à beira
Da primavera!
Com frautas e avenas vem sem conto!
Não estou eu pronto?
Eu, que espero e me estorço e luto
Com ar sem ramos onde não nutro
Meu corpo, lasso do abraço em vão,
Áspide aguda, forte leão –
Vem, está vazia
Minha carne, fria
Do cio sozinho da demônia.
À espada corta o que ata e dói,
Ó Tudo-Cria, Tudo-Destrói!
Dá-me o sinal do Olho Aberto,
E da coxa áspera o toque erecto,
Ó Pã! Iô Pã!
Iô Pã! Iô Pã Pã! Pã Pã! Pã,
Sou homem e afã:
Faze o teu querer sem vontade vã,
Deus grande! Meu Pã!
Iô Pã! Iô Pã! Despertei na dobra
Do aperto da cobra.
A águia rasga com garra e fauce;
Os deuses vão-se;
As feras vêm. Iô Pã! A matado,
Vou no corno levado
Do Unicornado.

Sou Pã! Iô Pã! Iô Pã Pã! Pã!
Sou teu, teu homem e teu afã,
Cabra das tuas, ouro, deus, clara
Carne em teu osso, flor na tua vara.
Com patas de aço os rochedos roço
De solstício severo a equinócio.
E raivo, e rasgo, e rousando fremo,
Sempiterno, mundo sem termo,
Homem, homúnculo, ménade, afã,
Na força de Pã.
Iô Pã! Iô Pã Pã! Pã!
Fernando Pessoa

BELO HORIZONTE

É Dia dos Namorados. Tento numa locadora de Belo Horizonte escolher um DVD de ficção científica. Os títulos são muitos e ao retirar o antológico *Forbidden Planet** escuto um terrível bate-boca no balcão. Uma senhora de idade discute em voz alta com um executivo sobre a posse de um DVD. Ela havia escolhido o filme e deixado junto à recepcionista, quando aquele distinto senhor o achara e já estava saindo furtivamente com o disco.

A velhota revoltada chama o gerente, que se decide a favor do executivo (freguês antigo da casa). Sentindo-se terrivelmente injustiçada, a senhora de idade investe contra o empresário empunhando seu guarda-chuva, rechaçado prontamente por ele com sua pasta 007 usada como escudo. Era uma verdadeira cena de capa e espada em plena locadora.

O ponto alto da contenda foi quando os dois acabaram por realizar um autêntico cabo de guerra, segurando cada um as extremidades do DVD, que era puxado de um lado para outro do estabelecimento. Após muito tumulto, o executivo irritado e humilhado com aquela cena grotesca decide por fim abandonar o local à mineira.

A velhota toda prosa coloca seu DVD (já pago) no balcão e retorna às estantes na tentativa de escolher outro. Aproveito a deixa para verifi-

---

* *Forbidden Planet* (1956), filme clássico de sci-fi dirigido por Fred M. Wilcox.

car qual seria o filme que gerara tal acirrada disputa. Ao aproximar-me da caixa do DVD, não pude acreditar no que via: *Era Dia dos Namorados Macabro,* Parte 3!*

VARANASI (ÍNDIA)**

Crepúsculo no Ganges. Degusto num pequeno quiosque o magnífico Sazbi Molee, um perfumado e picante curry de legumes à moda do sul da Índia. Penso enebriado na encantadora musa psicodélica Samadhigh. Caminho pelo Assi Ghat quando ouço alguém chamar-me:
– Oi, cara! Não é tu que toca cítara?
Aparece um tijuquense de túnica branca e um casaco ostentando a estrela do Botafogo que me diz:
– Meu irmão! Adorei teu recital de *sitar* lá no Rio.
Resolvemos então pegar uma canoa para contemplar o magnífico poente no Ganges.
O barqueiro indiano com um longo bastão impelia lentamente a canoa pelos Ghats sagrados de Manikarnica (parecia a cena final do filme *Apocalipse Now*). Contemplávamos densas colunas de fumaça que se alçavam ao espaço, iridescendo fagulhas ao crepúsculo.

O barquinho
vai e a noitinha
haicai

O barco deslizava rente às piras crematórias (apenas se via a fumaça) e centenas de pessoas choravam copiosamente em frente à cremação de seus entes queridos. Nesse momento de profunda comoção, nosso peculiar orientalista da Tijuca faz o importuno e indevido comentário:
– Meu irmão, todos estão chorando copiosamente, menos aquele de turbante laranja que está lá todo contente. Deve ser a sogra dele que está sendo cremada...
Centenas de fiéis ao flagrarem nosso peculiar tijuquense rolando de tanto rir pularam na água revoltados ante a terrível profanação do

---

* *My Bloody Valentine* (1981), filme trash de terror dirigido por George Mihalka.
** Trilha sonora: *Samadhi* em www.marsicano.tk

templo. O barqueiro arfante fazia esforços sobre-humanos para tentar escapar da fúria avassaladora dos devotos que nos ameaçavam com os punhos em riste nadando velozes, quase alcançando o barco. Fomos salvos por um triz pelo manto negro da noite que nos acobertou naquelas águas sagradas do Ganges.

Samadhigh the psychedelic muse

SÃO PAULO*

Interplanetary scintilation**

Na Wastlândia Mad Max do bairro Barra Funda, chego à casa de Domingos Yezzi. Esta figura sui generis convive desde os cinco anos com os seres extraterrestres. Yezzi recebe-me com um amplo sorriso e relata a fantástica história de um músico do espaço que repentinamente se materializou em seu quarto. Apresentando-se como o "Uraniano Jarloz", esta insólita criatura luminosa, de finos traços e cabelos longos cor de tijolo, pediu-lhe que colocasse um CD para ouvir. Yezzi, titubeante, ponderou que a trilha sonora mais indicada seriam as estridências eletrônicas do experimentalista alemão Stockhausen. Mas às primeiras oscilações dos filtros desse vanguardista, Jarloz, entediado com o som, implorou-lhe que tirasse o disco, retrucando:

– Por favor, Yezzi, não me venha com essa música eletrônica de tecnologia primitiva! Quero ouvir violino acústico, e de preferência o grande virtuose Niccolo Paganini...

Nem bem recuperava-me desse insólito relato, quando Yezzi iniciou o inenarrável episódio dos "Teenagers do Espaço".

2001
UMA DISPNÉIA
NO ESCASSO

Os Teenagers do Espaço

Há algum tempo, Yezzi havia perguntado aos extraterrestres qual teria sido o motivo da desintegração de uma esquadrilha de jatos da Força Aérea Americana após terem se aproximado demais de uma grande nave de forma ovóide. Os alienígenas responderam-lhe que aquilo não passara de um terrível acidente que envergonhara toda a comunidade sideral. Um grupo de adolescentes netunianos teria rumado à Terra sem permissão, lançando-se livremente ao espaço num disco voador acionado na base da "ligação direta". Inexperientes, ao depararem com a

---

* Trilha sonora *The Vegetable Man Project Vol. 4, Marsicano Sitar Experience & Lauro Toledo*. Oggettivolanti Records (Itália). www.oggettivolanti.it

** O astrofísico indiano S. Anathakrishnan, da Universidade de Mumbai (Bombaim), realizou importantes estudos em alta resolução de fontes radiofônicas espaciais utilizando sua revolucionária concepção de cintilação interplanetária. Dhruva1.ncra.tifr.res.in/~library/thesis.html

esquadrilha norte-americana, ficaram atônitos e sem saber ao certo do que se tratava, lançaram um poderoso campo de força que desintegrara por completo os aparelhos. De volta a Netuno, acabaram por tomar uma blitz da patrulha espacial da Federação Galática, onde, pelo que entendi, verificou-se que nem ao menos possuíam o "brevê sideral". Após ter sido registrado o B.O. interestelar, a aventura acabou então em multa e condenação de nossos inquietantes Teenagers do Espaço!*

Siderália Cromomagnetobol**

Yezzi então me adverte a respeito de Sidérius, planeta gigantesco, de tamanho trinta vezes maior que o Sol, que estaria se aproximando do sistema solar. Segundo informações sideroconfidenciais, ele passará muito distante de nós, mas causará uma total e radical transformação, através de seu poderoso campo magnético. A Terra vagueará errante pelo espaço e acabará sedo atraída por Júpiter. Nosso sistema será dividido em dois: alguns planetas continuarão a orbitar o Sol e os demais, como Terra, Vênus, Marte e Mercúrio, girarão em torno de Júpiter!

Niccolo Paganini

Nesse momento, Yezzi cerra os olhos e me pergunta:
– Está sentindo uma vibração estranha?
Respondi-lhe que não e ele me adverte que o espectro de Niccolo Paganini está na área, imóvel à minha frente, sorrindo. Yezzi, exímio violinista de diversas sinfônicas brasileiras, tem como habitué em sua casa o maior violinista de todos os tempos.

Detentor de técnica e virtuosismo sobre-humanos, Paganini acendia velas ao tocar e, ao final de seus recitais, rumava diretamente ao cemitério mais próximo para interpretar seus Caprichos*** aos diletantes do supramundo. Era magro, alto e suas mãos e dedos eram enormes. Costumava romper propositalmente as três primeiras cordas de seu ins-

---

* O mais inquietante dessa história é imaginar que uma grande nave de forma ovóide avistada no céu pode estar sendo dirigida por alienígenas teenagers sem carta.
** Esporte muito praticado pelos extraterrestres que em vestes colantes multicores literalmente voam em saltos espetaculares, aproveitando a baixa gravidade, arremessando uma bola metálica a alturas espantosas que voluta através dos campos eletromagnéticos.
*** Paganini Caprices Ruggiero Ricci. London Records.

trumento, acabando as apresentações numa só corda, a mais grave, sol. Sua prodigiosa técnica violinística, aliada a seus grandes conhecimentos esotéricos na cabala e numerologia e prolongado convívio com os ciganos (era o único não-cigano convidado a tocar em suas festas), acabou por transformar-lhe no maior mito do violino de todos os tempos. Como acontece com os grandes virtuoses do blues, paira sobre Paganini a suspeita de possuir um pacto demoníaco. Após sua morte, seu corpo perambulou pelos cemitérios de toda a Europa, sem ser recebido por nenhum deles. Até a Igreja Católica negou à família que lhe desse um enterro cristão normal. Seus familiares, então, emigraram para o Brasil, para a cidade de Pinhal, no interior paulista. Tornei-me grande amigo de sua tataraneta, a inspirada Eliana Paganini, que reside no bairro de Pinheiros.

Ruggiero Ricci

Yezzi coloca o *Le Strege* (As Bruxas) de Paganini na magistral interpretação de Ruggiero Ricci. Mostra-me, a certo ponto da magistral peça, o violino imitar a voz rouca do corvo e a subida final das bruxas, segundo informações recebidas diretamente do próprio Paganini. Conta-me então que quando Ruggiero Ricci, seu maior intérprete, veio ao Brasil, Yezzi ao sair para a apresentação entreviu o espectro de Paganini no átrio de sua casa, vestido a rigor com sua lendária casaca cinza e seu inseparável violino Guarnérius (1734). Paganini disse-lhe:

– Vou acompanhá-lo para degustar minha música sendo tocada por Rolla, meu grande amigo do passado, que muito me incentivou e que agora reencarnou como Ruggiero Ricci.

Chegando ao teatro, Paganini despediu-se, dizendo que iria ao camarim de Ricci para cumprimentá-lo e que o acompanharia ao palco com seu violino. Ricci executaria várias peças de diversos autores e terminaria com a dificílima composição de Paganini *Nel Cor Piu Non Me Sento*.

Ricci sobe ao palco, sendo intensamente ovacionado. Paganini entrou também com seu violino debaixo do braço e com seus olhos brilhantes e perscrutadores fitou atentamente a platéia, esboçando a Yezzi um leve sorriso.

Ricci inicia o recital e Paganini, que só o assistia, a dado momento, não mais conseguindo permanecer imóvel, começa a tocar a seu lado. Seguiu-se então um inacreditável fluxo de retas duplas, harpejos, pizicattos com a mão esquerda, martelattos, harmônicos simples e duplos,

stacatos, legatos em vertiginosa velocidade, enfim, tudo o que apenas ele, Paganini, poderia ter imaginado, composto e executado. Em meio a esse prodigioso concerto, começou-se a ouvir o desagradável ruído de tosses e espirros em voz alta, provenientes de uma gorda socialite mal-educada que não se dava conta do incômodo que causava aos demais. Paganini colérico, como todo bom italiano, parou subitamente de tocar e olhando furiosamente para ela, berrou com sua voz rouca:
– *VÁTENE VIA FENESTRA!*
Que no dialeto genovês significa: ATIRE-SE PELA JANELA!

Claro que apenas Yezzi o escutava, mas Paganini não deixou por isso de pontificar seu protesto. O espetáculo seguiu normalmente e Paganini irradiava a Ricci todo o magnetismo e sua vibração violinística. Ricci parecendo tomado por essa energia, deu um show à parte, tocando em seu Guarnérius (que por sinal pertencera a Paganini) os *Caprichos* como se fossem brincadeira.

O público delirou e, ao sair do teatro, Yezzi encontrou novamente Paganini, que fez comentários elogiosos a Ricci, afirmando ser ele o violinista que mais se aproximara de seu estilo. Com um forte *arrivederce*, pronunciado solenemente com sua voz rouca e profunda, o maior virtuose do violino de todos os tempos desapareceu subitamente da visão astral.

ALTO-MAR

Mobilis in Mobile

Júlio Verne – Vinte Mil Léguas Submarinas

Bardo a bordo

O transatlântico singra o alto-mar. A sonoridade das turbinas parece ritmar o pulsar prateado dos reflexos da lua sobre o negro profundo das águas. Na popa à luz de uma pequena lanterna, sento-me ao lado de um poeta uruguaio. Esta curiosa figura, sempre de negro, que ostenta uma clepsidra (símbolo da iniciação) tatuada no braço, somente dá o ar de sua graça a alta madrugada. Escreve sem parar poemas de cunho metafísico e enigmático. Um por um ele os coloca dentro de garrafas e os arroja ao mar.*

O pensamento errante e profético desse bardo cruzará o Mar dos Sargaços e o Caribe turquesa, atravessará Madagascar, o oceano Índico e, ao passar o Estreito de Magalhães, percorrerá os Sete Mares!

– Isto é bem melhor que editar livro de poesia no Uruguai! – desabafa nosso homem de letras...

SIMBAD THE SAILOR
THIMBAD THE TAYLOR

Aqui dá de tudo: escolares em férias, um grupo de aqualoucos, um veterano de guerra alemão, estudantes de inglês, o poeta Gustavo Arruda, cariocas de topless, marinheiros de primeira viagem e a banda cover dos Ramones Los Cicutas.

Durante o jantar, um fleumático executivo portenho indaga-me:
– O que está achando da viagem?
– Que viagem? – respondi-lhe.
Tá fixe! Senta-se conosco Junkeira, um insólito junkie português que com um vago e distante olhar opiáceo contempla o horizonte e exclama:
– Estou pra lá de estar!
A fluctívaga nau aproxima-se da região descrita por Platão onde Atlântida teria afundado.

Começa a ventania. Tudo oscila e grandes massas de água salgada erguem-se pelo convés. Sob o fogo cruzado dos relâmpagos que flasheiam a escuridão, o vento sopra com furor, arrastando tudo que encontra pela frente. Seguro-me pelos lisos corredores e, molhado, tento em vão entrar na cabine. O navio luta contra as grandes ondas, erguendo-se num alçar feérico sobre as altas cristas. Tudo escorrega de um lado para o outro sob o estampido tonitruante dos trovões.

– Senhores passageiros! – ganem os alto-falantes. – Aqui fala o capitão, mantenham a calma pois a situação está sob controle!
Ouve-se uma tremenda explosão e o navio sacode arrojando-me violentamente contra a parede.

---

* Na madrugada seguinte, com a ajuda do poeta vanguardista uruguaio, lancei ao mar em diversas garrafas as páginas iluminadas de *Paranóia*, do bardo xamã Roberto Piva.

– Passageiros, dirijam-se ao Grande Salão onde será projetado o "Cinema a Bordo".

Junkeira

Pelos corredores a cena dantesca: mulheres em delírio, marinheiros correndo, crianças vomitando, espanholas rezando e o veterano de guerra alemão bradando em voz alta:
– Estamos afundando! Mulheres e crianças primeiro!
Enquanto isso, Junkeira, nosso peculiar junkie português, calmamente me pergunta:
– Onde fica o Grande Salão?
Entre mortos e feridos conseguimos finalmente chegar à famigerada sala de projeção. Os passageiros de salva-vidas aguardam inquietos o filme. Apaga-se a luz e sob o olhar atônito de Junkeira surge na tela o letreiro: *Titanic*.

SÃO PAULO

Luiz Octavio, em sua meteórica trajetória do anonimato ao esquecimento...

Press Release de Luiz Octavio

Os irados anos 80: saguão do Hotel Maksoud Plaza. No forte calor de dezembro espero com o guitarrista Luiz Octavio e o grande crítico, erudito e músico Fernando Naporano nosso grande amigo Joey Ramone. Ele surge solene em sua altíssima estatura, vociferando no peculiar linguajar nova-iorquino, que gostaria de conhecer a cena underground paulistana. Embora um dos maiores ícones vivos do rock, Joey revela-se um cara simples, um eterno adolescente do Queens. No momento estávamos com vários convites para o Rose Bom Bom (o lendário pólo de resistência cultural dos anos 80 na alameda Oscar Freire). Zarpamos para lá e no caminho (num Mustang 68 vermelho turbinado de Luiz Octavio) tivemos o privilégio de ouvir uma verdadeira antologia dos Ramones ao vivo, na voz inconfundível e poderosa de Joey.

No Rose, encostados no balcão, encontramos o mentor do lugar, o lendário promoter e dinamizador cultural underground Ângelo. Chegam o batera Ritchie Ramone e o grande compositor da banda Deedee Ramone. Joey, irritado com o som, resolve discotecar, e com um material selecionado trazido numa sacola de plástico dá um verdadeiro banho como DJ, levando ao delírio a galera. Mas Joey estava inquieto, querendo tudo a que tinha direito. Luiz Octavio conseguiu convencer Joey a darmos uma passada até minha casa na Cristiano Vianna. Subimos a escadaria da pequena vila e, no meu quarto, apresentei o que havia de melhor aos ilustres convivas. Joey, iluminado e profético como sempre, pediu a Luiz Octavio que cantasse sua versão em português da antológica *Seven Eleven* dos Ramones. Luiz Octavio pegou sua Telecaster japonesa, plugou-a num pequeno amplinho e iniciou a mais bem-sucedida transcriação em língua portuguesa de rock que conheço:

> Na primeira vez que eu lhe vi
> Foi no Shopping Iguatemi
> Você com aquele olhar distante
> Subindo a escada rolante

LISBOA (PORTUGAL)

Entresou

FERNANDO PESSOA

Entresonho

MÁRIO SÁ CARNEIRO

O êxtase violeta exílio do fim do poente com os montes

FERNANDO PESSOA

Belveder para todas as paisagens que são floresta noturna
e rio longínquo tremulo do muito luar

FERNANDO PESSOA

*Cosmorama de acontecer amanhã o que não poderia ter sucedido nunca!
Lápis-lazúli das emoções descontínuas!*

FERNANDO PESSOA

O céu negro ao fundo do sul do Tejo era sinistramente negro contra as asas, por contraste, vividamente brancas das gaivotas em vôo inquieto.

FERNANDO PESSOA

Lesbon revisited*

Sou convidado pela belíssima atriz Ísis Gouveia**, figura lendária do cinema underground europeu, para o jantar de bodas de prata de seus pais. Entre esplêndidos candelabros e pratarias, o menu do banquete inspirado na gastronomia de corte portuguesa do século XVIII apresenta quitutes como os delicados "pasteizinhos de coelho", que se dispõem solenes entre os mais sublimes vinhos lusitanos. À cabeceira da mesa, todo prosa e sorridente, o comendador Gouveia saúda as ilustres personalidades do mundo econômico, político e cultural lisboeta.

O comendador Gouveia, poderoso magnata lusitano, é detentor da maior empresa de dragagem da Península Ibérica. Aproveita um hiato de silêncio para revelar a todos que acabara de comprar uma moderníssima draga e colocara nela o nome de Ana Maria, sua querida esposa. À porta, dezenas de seguranças de óculos escuros e impecáveis ternos negros ladeiam um quarteto de cordas que interpreta música barroca.

Um ministro do governo português, sentado à minha frente, propõe com toda a sua fidalguia um brinde ao comendador e à sua esposa. Erguemo-nos (estava ao lado de sua filha, junto à cabeceira) e alegremente demos um "viva" em alta voz ao simpático casal. Após a saudação todos bradamos em uníssono:

– Discurso! Discurso! Discurso!

O comendador Gouveia, já cambaleante de tanto vinho, levantou-se e proferiu as solenes palavras:

– Estou há quarenta anos dragando e por trás de cada português existe um grande navegador!

---

* Nada melhor que num dia chuvoso e gris – Chuva Oblíqua – em Lisboa, folhear Pessoa no café A Gaiola na Alfama degustando os impecáveis bolinhos de bacalhau, bebericando bagaceira e vinho verde.

** A atriz underground portuguesa Ísis Gouveia atuou em *Lesbon Revisited* do cineasta vanguardista português Luiz da Cunha Monteiro e em dois filmes do polêmico cineasta espanhol Jesus Franco, autor do antológico *Vampyros Lesbos*.

Todos aplaudiram feericamente, mas não podendo conter-me (perco a vida, mas não a piada), proclamei:
— Comendador, então o senhor não é o Vasco da Gama, mas o "Vasco da Lama"!

RIBEIRÃO PRETO

> *Sicut citharoedorum*
> *citharizantium*
> *in citharis suis*
>
> APOCALIPSE, XIV, 2
>
> *Se quiseres seguir-me, segue a ti mesmo*
>
> NIETZSCHE

Toca o telefone e sou intimado por uma voz (que não quis identificar-se) a apresentar-me tocando *sitar* num espaço esotérico em Ribeirão Preto. O contato seria feito na Biblioteca Municipal da cidade. Quando indaguei quem estaria patrocinando o evento, a resposta foi seca e incisiva:
— Por enquanto não podemos dar-lhe informações!

Oto

Chegando à simpática Ribeirão, fui recebido por um tipo delgado e bem falante. Segredou-me que em poucos momentos eu estaria participando de um ritual de alta magia da OTO, Ordem dos Templários do Oriente. Não havia sombra de dúvida: era a polêmica e malvista organização de Aleister Crowley* em sua conexão tupiniquim. Pressentindo que aquilo não iria acabar bem, tentava esquivar-me do ritual iniciático quando o magrinho esotérico, fazendo um rápido gesto cabalístico, proclamou:
— O círculo mágico já está fechado. Daqui ninguém sai!

---

* Trilha sonora: *Equinox*, Aleister Crowley lendo seus poemas e textos ocultistas ao som de exóticos gongos tibetanos. *Living Poetry Records* (vinil), 1973.

Therion

Aleister Crowley, dissidente da Sociedade Teosófica e criador do neopaganismo na magia (propunha o retorno dos ritos greco-romanos), é uma das mais polêmicas e controvertidas figuras do esoterismo de todos os tempos. Fernando Pessoa (Mestre do Templo da OTO) fora o último a encontrá-lo antes do misterioso desaparecimento do mago inglês em Portugal. Crowley, aristocrata supremo da Quimbanda, revolucionou a rígida e repressiva estrutura hierárquica das ordens iniciáticas ao proclamar: "Faze o que tu queres pois é tudo da lei!" Na "Swing'n London" dos anos 60 inspiraria o rock de Jimi Page (detentor legal dos direitos das obras de Crowley), Ozzy Osbourne e até do nosso maldito Raul Seixas* (Raul fora expulso da OTO). Crowley possuía uma ilha na Sicília onde realizava rituais de alta magia embalados com belíssimas iniciadas, cocaína & heroína entre as ruínas de um templo grego de Dionísio. Proclamava-se a "Besta do Apocalipse", mas foi chamado de empulhador, falso profeta, drogado, vendilhão do templo, alarmista, plagiador e misticóide. O mago maldito ressurge com tudo nos anos 60 em plena revolução psicodélica da contracultura. Muitos também supõe que o envolvimento do Led Zeppelin com a Ordem de Crowley acabaria por causar a morte de Marc Bonhan, baterista do grupo, num acidente automobilístico em setembro de 1980.

Equinox

A Estrela Safira

Biblioteca Municipal de Ribeirão Preto, 11h30 da manhã: tudo aqui remete ao filme *Bebê de Rosemary*, de Polansky (tem até um japonês com a blusa do Marylin Manson fotografando uma velhota da

---

* Certa vez, deparei com Raul Seixas sentado numa mesa ao fundo do BH Lanches (rua Augusta com Antonio Carlos) tomando vodca. Fechado, distante e caladão, com seus lendários óculos escuros, ignorava a todos que se acercavam para pedir-lhe autógrafos. Nisso entra no recinto um bêbado cambaleante e maltrapilho pedindo cachaça em voz alta. O português, dono do bar, ríspido respondeu-lhe:
– Não temos!
Como o pinguço insistia, Raul subitamente levantou-se e aproximando-se do balcão declarou ao portuga:
– Dê um copo de leite ao rapaz!
Costumava encontrar também o Raul de manhã bem cedo (que insistia em gravar comigo um vinil onde acompanharia com sitar a leitura de seus poemas) na lanchonete Cris (perto do apart-hotel em que morava). Raul, de pijama de bolinhas, levava animados papos com os escolares de um colégio que havia nas proximidades.

seita). Chega uma delegação da Federação de Quimbanda da Baixada Fluminense, calorosamente recebida pelo magrinho. Está tudo preparado. O grão-mestre da OTO (brasileiro) estaria prestes a chegar de avião dos Estados Unidos no aeroporto local. O magrelo refere-se a ele (para o qual eu teria a honra de tocar) como "aquele que atravessou o abismo e voltou!".

De repente um corre-corre abateu-se sobre o amplo salão após um inesperado telefonema. O magrelo segreda-me que, no caminho entre o aeroporto e a cidade, o carro do mentor acabara de sofrer um grave acidente!

Apocalypse now!

Rumamos rápido para lá. Em meio à rodovia, podia-se ver o que restara do carro do grão-mestre: um monte de ferro retorcido! Ele milagrosamente nada sofrera, nem um só arranhão. Mas, ao chegar perto, um arrepio percorreu-me a espinha:

O carro havia se estraçalhado contra um muro que ostentava a inquietante numeração 666!

SÃO PAULO

A Mário e Oswald de Andrade

Cocar de Pena Dourada
na alvorada de luz
torrente alucinada
sobre nossos torsos nus

Qual bardo cibernauta, malabariza os tentáculos da realidade
Vibrando a tez clara da poesia

Seu verbo poderoso dilacera as membranas púrpuras do nascer do sol
Profetizando a lírica inaudita do Terceiro Milênio

Ritmo polissemântico que ecoa do Planalto Central
Aos confins do Parnaso de Poe, Baulelaire, Corbiére, Pessoa e Lorca

Metralha vernacular, explosiva munição de idéias viscerais
Que arrebatam o obsoleto

Eclosão luminosa flasheando o dégradé
Róseo-dourado da Alba insólita

Luz turmalina e clariperfeita
Que emerge da imensidão glauca do mar

Firmamento constelado e poético
Imantação magnética da feroz filosofia

Rufar dos tambores celestiais
Anunciando o cortejo solene da aurora

Clara mirada perfurando
Os glóbulos vítreos da clepsidra

Correnteza incessante de palavras
Na água grafadas

Caligrama do mar
No papel de arroz da areia

Chego com meu amigo e mestre zen Ichirosan* ao tranqüilo poente no pacato e residencial bairro do Tucuruvi. Roni,** um xamã peruano e grande mestre do ayahuasca***, conduzirá um rito do misterioso vegetal. Este autêntico sacerdote Inca me conduz ao quintal da casa onde cinco pessoas nos aguardavam ao ar livre. Roni tem um templo na Amazônia peruana e outro nos Andes (a 5,5 mil metros), onde os iniciados ficam

---

* Ichirosan levou ayahuasca ao cimo do monte Fuji no Japão (atualmente está radicado em Paris). Corre uma lenda que Ichiro, após apronar todas com o sagrado vegetal, teria sido o grande responsável pela proibição do ayahuasca em território nipônico.
** Contato de Roni no Peru: rinquia@hotmail.com
*** Ayahuasca – Infusão das plantas de poder *Banisteria caapi* e *Psychotria viridis*, as quais contêm uma substância denominada "telepatina", que confere poderes telepáticos. Seu culto estende-se do Panamá ao Brasil (atualmente dissemina-se pelo mundo). www.elephantos.com – www.incacolor.net/

sete dias numa palhoça (mantendo rigorosa dieta de ervas), antes de ingerir a sagrada infusão.

Sintonia fina

A luz é a sombra de Deus

Einstein

Surge um guitarrista japonês e uma mulher de branco com uma estrela dourada na testa, gabando-se de ser mentora de uma Comunidade do Daime* em Roraima que detém mais de mil adeptos. Roni empunha uma esfera negra de ayahuasca sólida (extremamente concentrada) e adverte-nos que se alguém passasse mal, ele, através de rituais incaicos, nos reconduziria à verdadeira condição de Filhos do Sol!

Ayahuasca visions**

Ingerimos o mel concentrado de ayahuasca e o espaço começa a oscilar, imperando a dimensão metafísica. Pensei na palavra tucuruvi, com certeza termo tupi-guarani***. Até o século XVIII não se falava português em São Paulo. Os bandeirantes se comunicavam apenas em língua indígena. Surgem os encantados! Olho para o mestre Carlos Minuano e começo a ouvir cânticos provindos do plano astral. Roni entoa em voz alta os hicaros sagrados em quíchua acompanhado por um curioso maracá. Mas o mar não estava pra peixe: bem-vindos ao maravilhoso mundo do xamanismo! Passávamos por uma cruzadera, onde falanges de poltergeists Incas (além dos simpatizantes locais) tentavam bagunçar o trabalho!

---

* Estava num trabalho da UDV (União do Vegetal) em Niterói, que também utiliza o ayahuasca em seus rituais. O mentor, após oferecer a infusão aos presentes, coloca o CD *Os Grandes Sucessos de Roberto Carlos* e a faixa escolhida é *Jesus Cristo Eu Estou Aqui*. O efeito veio com tudo (o vegetal deles é muito forte) e uma gorda à minha frente levanta-se exclamando:
– Jesus! Jesus! Jesus!
Mas o mentor teve de ir ao banheiro e o disco continuou a rodar, entrando *Quero que vá tudo pro inferno*. Um gótico da Baixada Fluminense começa a dançar em êxtase enquanto a gorda toma uma tremenda peia. A faixa já estava no fim quando o mentor volta e retira o CD num relance.
** Trilha sonora – *Sitar and the Shaman of the Amazon Rain Forest* – Registrado na fronteira da Venezuela no ritual do ayahuasca. Gravado na força, masterizado na força e mixado na força. www.marsicano.tk
*** Tucuruvi em tupi significa grilo verde.

Mandalas multicores! Fractais! Mirândolas espectrais, vitrais de puro e crômeo cristal!

Tupanavision
Who's who in the inca empire

Um guitarrista japonês, marinheiro de primeira viagem, a meu lado desabafa:
– Disseram que era colorido e psicodélico, mas estou me sentindo mal!

Deslizava veloz numa montanha russa pré-colombiana! Tentava bloquear o efeito mas, ao fechar os olhos, a cascata de imagens voltava avassaladora. A mentora no Daime da comunidade em Rondônia, não segurando o rojão, começa a gritar:
– Huguinho! Zezinho! Luizinho!

Muitos vomitam e gritam num verdadeiro clima de Apocalipse Now. O japonês inquieto me indaga:
– Cara, onde estamos?
– No espaço! – retruquei.
– Obrigado! Já me localizei! – ele agradece aliviado como se tivesse um súbito Satori Zen!*

A vizinhança, revoltada com o barulho e querendo dormir, começa a protestar e atirar pedras, ameaçando chamar a polícia. Roni, impassível, empunha solene o maracá na milenar tradição dos curandeiros incas.

O japonês a meu lado, numa expressão de beatitude, comenta extasiado:
– Estou iluminado! Contemplo em miração clarões vermelhos brilhantes!
– São as luzes do camburão da polícia que acabou de chegar – lhe advirto desanimadoramente.

Cheguei até a imaginar as páginas policiais dos jornais do dia seguinte estampando a manchete: "Nipônico vê a iluminação nascer quadrada na detenção", ou ainda "Pensava estar em Katmandu, acabou no Carandiru".

---

* Um cineasta experimental de Brasília resolveu dar um copo bem servido de ayahuasca a seu pai, um general durão do exército, para tentar abrir-lhe a cabeça. Era tarde na noite, quando o encontrou contemplando o céu constelado sobre o lago Paranoá. "Fiz a cabeça do velho", pensou ele entusiasmado. Mas o veterano general, mirando a amplidão do firmamento, exclamou emocionado:
– Filho, está vendo no céu a faixa: "Ordem e Progresso"?

Tupanasonic
Singin' in *the brain*

Vêm-me à mente as hordas de Pizarro galgando os Andes. Sacerdotes incas quais fulcros de luz imantada resguardando o segredo astral nas altas cordilheiras.

Vislumbro as tropas espanholas, guerreiros andaluzes de reluzentes elmos, godos, visigodos, bascos, catalães, ciganos e mozárabes sob o efeito do ahayuasca mirando as volutas rodopiantes das catedrais derretendo-se no escorregadio alucinógeno do barroco, nossa mais profunda tradição!

Entrevejo a grandiosidade cultural da América Latina. Penso em José Angel Asturias descrevendo as cidades sob as cidades (pirâmides maias encontradas no subsolo da cidade do México) e nas cidades sobre as cidades, como a jurema indígena, aldeia etérea suspensa sobre o Brasil. Jorge Luis Borges oferece-nos uma belíssima metáfora e reflexão sobre o despertar cultural de nosso continente em seu conto "A escritura de Deus", em que um sacerdote asteca é confinado pelos espanhóis no interior de uma pirâmide. Esse xamã sabe que apenas dali sairia quando decifrasse os signos grafados naquelas misteriosas paredes.

Dreambular
Xamã chama – pajé lança

Vênus surge solene entre as nuvens. Cintilante baliza de Zeus! (Heráclito.) Linha do Tucum! Conexão direta à Central! Tudo volta a seu lugar! Após as dores do parto, a luz! A lua cheia sibila seus silvos clarões. A egrégora espiritual venusiana esparge seus argênteos lumes.

> **À estrela vésper**
> Tu, anjo noturno de alva cabeleira
> Agora, enquanto o sol se inclina sobre a colina, inflama
> Teu reluzente lume, coloca a radiante coroa
> E sorri sobre o leito da noite!
> Sorri sobre nossos encantos enquanto recolhes
> As cortinas azuis do céu, esparge teu argênteo orvalho
> Sobre cada flor que cerra ao sono seus doces olhos,
> Deixa que o vento do oeste adormeça sobre o lago
> Fala em silêncio com os teus luminosos olhos
> Banha de prata o crepúsculo e de repente
> Te retiras enquanto enfurece o lobo
> E o leão o escuro bosque espreita:

Os velos de nosso rebanho recobriram-se
Com o teu sagrado orvalho,
Protege-os com os teus sutis sortilégios
                      William Blake

Incacolor

O espaço branco e róseo. O farfalhar das asas dos anjos.

Fonte branca de patamares circulares concêntricos onde a água translúcida nívea borbulha no puro alvor. Fios de luz celeste espargindo sutis em vozes angelicais, o Glória da Missa em Lá de J.S. Bach em dolby estéreo. Meus ancestrais venezianos! Vislumbro Madonnas em *kinesis*, clipe renascentista em alta resolução. Computação gráfica operada por Rafael Sanzio em Urbino. Segmentos áureos iridescendo ao céu azul florentino!

SALVADOR

O céu é incrível pelo clima e o inferno pela vida social.
                                              Oscar Wilde

Chego a Salvador com meu produtor Carlos Roque para três apresentações no lendário e gigantesco Teatro Castro Alves. O mar verde-esmeralda da tarde reluz às frondosas árvores ornadas pelas complementares cromáticas flores lilases. No teatro somos gentilmente recebidos pelo diretor Cabuz e sua simpática secretária Sandra. Iniciamos uma conversa sobre as maravilhas da cultura indiana, a religião védica, a filosofia milenar, a culinária apimentada (tal qual a baiana), etc. Sem um puto, esperávamos ser hospedados por um diretor da TVE, mas, chegando a seu apartamento, ele revelou-nos que havia oferecido o quarto a duas holandesas, "muito mais interessantes que nós".

Deixamos as bagagens no Castro Alves, que já ostentava em seu frontão um grande cartaz com letras garrafais: "MARSICANO TOCA *SITAR* NA BAHIA", e saímos perambulando sem rumo pela Praça da Sé.

O braseiro

Auê Pombogirê Auê Pombogirá
Auê Pombogirê Pombogirê Pombogirá

No Pelourinho degustamos vários perfumados acarajés, regados a muita cerveja gelada e a soberba branquinha da Chapada Diamantina. Cai a noite e duas prostitutas baianas de minissaia e muito exaltadas acercam-se de nós e acabamos numa churrascaria bas-fond chamada O Braseiro, toda ornada com inúmeras imagens de Exus e Pombagiras*. Mas aquela baiana com seios fartos e duros, boca rubra de batom, meio índia, com o cabelo negro desgranhado, cinto de verniz, sandálias de couro cru, unhas vermelhas pontiagudas e olhos de onça; cangaceira hardcore quente qual o sertão da Bahia. A beijava loucamente quando meu amigo resolveu zarpar e combinamos encontrar-nos na manhã seguinte no Castro Alves. Continuamos a tomar todas e já eram três da madruga quando a sinuosa beldade nordestina sugeriu que fôssemos a meu hotel.

– Que hotel? Estou na rua, menina...

Ela, horrorizada, abandonou rapidamente o local sumindo na névoa da madruga. Em pleno Pelourinho, saí vagando sem rumo pelas tortuosas ruelas quando fui cercado por pivetes armados de faca. Eles gritavam sem parar:

– Dólar! Dólar! Passa os dólares, gringo!

Não me ouviam e acabei tomando uma facada de raspão. Sangrando, tentava segurar um deles quando um carro de polícia apareceu, dispersando-os. Os policiais advertiram-me que um turista americano acabara de ser esfaqueado na outra esquina e que ficasse dentro de um supermercado que estava sendo abastecido até que amanhecesse o dia.

MARSICANO TOCA *SITAR* NA BAHIA

Haja anjo da guarda! A aurora resplandecia dourado-rósea-laranja sobre os céus soteropolitanos. Caminhei cambaleante e zumbizado até o Teatro Castro Alves e acabei caindo todo ensangüentado sob meu próprio cartaz "Marsicano toca *sitar* na Bahia".

Aparece outra viatura e, ao pedir-me os documentos, apontava o cartaz.

---

* O genial fotógrafo Mariozinho Cravo Neto, apontando-nos as gigantescas torres de televisão de Salvador, revelou que eram qual esculturas ritualísticas de Exu, utilizadas no Candomblé.

Já eram nove da manhã, quando várias viaturas e uma van da TV Globo haviam acorrido ao local. Em meio ao tumulto chegam o diretor Cabuz e sua fiel secretária Sandra. Vendo-me caído com a camisa toda ensangüentada e cercado pela polícia, o diretor do Castro Alves comenta à secretária:

— Sandra, bem que disse que esse cara ia dar problema...

Mas acabamos por ser salvos pelo genial fotógrafo Mariozinho Cravo Neto, que gentilmente nos hospedou em sua belíssima mansão frente ao mar turquesa da Bahia.

KATMANDU (NEPAL)*

Samsaratur

Nas ruas de Katmandu! Nepal, país de sonhos! A viagem leva de Benares (Índia) cerca de dois dias de ônibus, que lentamente tangencia os abismos que se precipitam milhares de metros abaixo. De avião apenas meia hora! A bordo do jato da Royal Nepal Airways contemplo a cinemascópica visão do teto do mundo:

A mandala de areia do Himalaia. Imponentes maciços erguem-se às alturas desafiando o céu de um azul-escuro intenso. Ao pôr do sol tudo se tinge de rosa e púrpura num espetáculo extraordinário!

Pergunto à aeromoça por que tanto tempo de ônibus e apenas meia hora de avião:

— Katmandu é tão alta (3,5 mil metros) que o tempo de vôo é apenas o de subida! — comenta ela sorridente.

No assento ao lado, um freak americano de longos cabelos, óculos lilás e roupa multicor carrega no colo (contrariando todos os regulamentos aéreos) um pequeno gato preto. Ao entrar, deparei com o bichano e lhe perguntei:

— Que é isso?

— *Cat, Man, Do... Man!*

E demos boas risadas.

---

* Trilha sonora: *Avant-garde sitar*. www.youtube.com/watch?v=NaiPyqsmBuc

Royal Nepal Airways

Como fazia parte da passagem um pequeno tour aéreo pelo Himalaia, o aparelho freme violentamente surfando a turbulência dos gélidos ventos do teto do mundo. Somos informados que contornaríamos o Everest, cujo cimo dourado iredescia os últimos raios do sol. O piloto devia ser acrobata ou estar fora de si, pois, como naqueles filmes nos quais se evita um míssil indo em direção a uma montanha, desviando-se na última hora, quase nos esborrachamos na maior montanha do mundo. Todos se entreolhavam desconfiados e nosso "ás" nepalês preparava-se para repetir a arriscada manobra.

Sem permissão da aeromoça que estava atendendo uma senhora passando mal, penetrei na cabine de comando. Não acreditei no que via: entre densa nuvem de incenso, o piloto envolto em guirlandas de flores empunhava de olhos fechados o manche em profunda meditação. Apavorado e não querendo morrer, indaguei-lhe se possuía brevê, e ele pausadamente respondeu:

– *My dear frriend...* Pra tirar brevê no Nepal temos até de passar pelo "exame de vista na terceira visão"! Mas fique tranqüilo pois aeronáutica aqui é na base da levitação!

O teto do mundo
Trem-bala para shambala

Ao desembarcar, muitos esperam encontrar nestas alturas monges templos e "Sua Santidade" o Dalai-Lama, mas o que realmente se vê por aqui são centenas de barracas e pequenas lojas a comercializar todo tipo de contrabando. Estou em Katmandu para participar de um programa de variedades na televisão nepalesa.

Raios catódicos

O estúdio é inimaginável: uma câmera de tecnologia obsoleta tenta movimentar-se por entre um emaranhado de fios. Tudo é feito no improviso, e o programa será transmitido para todo o Himalaia, parte da Índia, Nepal e Tibete. Sou conduzido a uma sala de espera onde se encontram sentados num sofá de plástico um anão e um lama tibetano.

Por suas vestes rubro-negras, pude notar que o lama pertence à misteriosa, temida e malvista linhagem xamânica dos Böm (capuchinhos negros). O anão está muito nervoso e algo me diz que aquilo não vai acabar bem...

O contra-regra percute um imenso gongo e aparece nos monitores a vinheta da TV nepalesa (uma colorida mandala!). Entra o sorridente apresentador e começa o programa. O anão é o primeiro a ser entrevistado (em nepalês, é claro). Não sei o que ele fez de relevante, mas durante vários minutos discute veementemente com o apresentador. O baixinho deve ter aprontado alguma por estes lados pois sai escoltado por dois policiais que o aguardavam fora do estúdio. Entra em cena o lama Böm, que não presta a mínima atenção às perguntas. De olhos cerrados (como se estivesse noutro plano) concentra-se e começa a produzir efeitos paranormais. As luzes piscam e apagam-se diante dos nossos olhos. Algo parece emanar do chacra frontal deste xamã Bom de Zhang-zhung* (acompanho o fenômeno pelo monitor na sala de espera). Começo a imaginar se a verdadeira transmissão desta curiosa TV não seria por vias telepáticas.

Finalmente sou chamado a tocar. Sinto-me num verdadeiro videoclipe do abismo. As notas saem fluidas do instrumento e começo a suspeitar que os efeitos especiais desta emissora são na verdade distorções produzidas pela precária aparelhagem (ou interferências do campo magnético do sacerdote Böm). Por fim o risonho apresentador despede-se com uma curiosa saudação. Entra a vinheta e o contra-regra nos brinda mais uma vez com a ensurdecedora gongada! Lá fora, as estrelas brilham sobre os alvos cumes do Himalaia.

RIO DE JANEIRO

Pajé é aquele que enxerga longe.

SAPAIM

O sol de verão incandesce a paisagem dominada pelo amplo e vasto mar. No terraço de cobertura de um hotel em Ipanema, tomo sob a pura

---

* Este Lama Böm posteriormente me abriria as portas ao secretíssimo monastério Menri no Himachal Pradesh indiano.

brisa um geladíssimo Singapore Sling à beira da piscina. Lembrei-me do lapidar comentário de Marcos Augusto Gonçalves, que seria ilusória a diferença de mentalidade entre cariocas e paulistas. "Quem melhor codificou o pensamento carioca foi um paulista: Oswald de Andrade", disse-me ele certa vez. Tudo pulsa tecnobossa* e balanço Zona Sul... Algumas argentinas inenarráveis letargem aos raios dourados. Mas chega de clichês! A realidade aqui é bem outra: estou a trabalho. Aguardo ansiosamente, com Lula Cortes, Jarbas Mariz, Lula Quiroga e uma equipe de filmagem a permissão da Funai para uma viagem ao Xingu. A idéia seria realizar um documentário entre os Kamaiurás, mesclando o som da cítara aos cantos tribais. O grupo era liderado pela lendária Christina Lundgren (dona das Casas Pernambucanas) e pelo brilhante videomaker e produtor cultural Tino de Sousa Leão**. Passadas quatro semanas, a autorização oficial não chegava e até o Sting intrometera-se na questão***, mas sem nenhum sucesso. O assunto era muito delicado, pois Christina Lundgren fora casada na década de 70 com um índio Cheyenne norte-americano e juntos haviam levado uma frota de jatos executivos carregados de munição ao Xingu. E isso em pleno governo Geisel. Pode-se imaginar o que pensara na época a Funai ao saber que uma frotilha de jatos executivos abarrotados de farto armamento dirigia-se ao Xingu comandada por um índio Cheyenne!

Um mês e meio e os gastos de produção avolumavam-se. Como a Funai não se pronunciava, a solução foi trazer Sapaim****, o mais famoso pajé brasileiro, até Ipanema. Esse poderoso pajé ficara muito respeitado por ter localizado através de sua prodigiosa vidência um grupo de crianças indígenas perdidas na selva e tratado do mundialmente conhecido ornitólogo Augusto Rushi. Numa Cherokee conduzida mercurial pelo mestre pernambucano Dodô, cruzávamos em alta velocidade o Aterro do Flamengo trazendo o pajé Sapaim do aeroporto. Esse grande expoente do xamanismo brasileiro, baixinho de olhos rasgados e com poderes paranormais, lembrou-me os lamas tibetanos. Por várias noites, o pajé revelou às câmeras histórias fantásticas envolvendo desde mitos tribais até ufologia no Xingu: montanhas que se abriam em meio à mata e astronaves que penetravam seu interior sem deixar rastro. Um disco que

---
* Trilha sonora: www.marsicano.tk – *A Sitar Tribute to Airto Moreira*.
** Tino produziu meu recital de *sitar* no Mosteiro de São Bento (1520), em Olinda, com o genial percussionista Edwin.
*** Correu uma piada que dizia: sabe qual é a melhor coisa da Guerra do Golfo? É que Sting ainda não se meteu na questão.
**** Contato Sapaim: Funai, Brasília, 61 3133500 (Sala do Xingu) www.sapaim.com

sobrevoara a aldeia Kamaiurá e projetado no centro desta uma luz dourada muito forte. Todos haviam tombado ao chão menos ele, que ficara de pé empunhando firmemente seu cajado ritual!

Tupanavision

"Pajé é aquele que enxerga longe!", ele sempre repetia. Dormíamos no mesmo quarto, Sapaim, eu e seu filho Mike, que estava sempre assistindo a vídeos do Rambo. Já era tarde na noite quando Sapaim decide fazer uma pajelança num dos quartos do hotel. Com um charuto de ervas ele espargia fumaça sobre o corpo de uma mulher (que, ao que parece, sofria de um grave problema espiritual) e com as mãos materializava pequenos flocos castanhos que surgiam do nada e desapareciam como por encanto. Ela, em transe, fremia e gritava com os olhos fora de órbita, enquanto Sapaim dava-lhe uma série de passes, evocando poderosas entidades espirituais do Xingu*.

Dois executivos argentinos que na suíte ao lado tentavam dormir, reclamando do barulho, acabam por avisar a portaria. Em pleno ritual, a mulher em transe me empurra com força sobre-humana e dando um forte golpe na porta sai berrando pelo corredor. O pajé com um maracá parte em seu encalço conjurando cânticos tribais.

Os argentinos, perdendo a paciência, abrem a porta irados:

– O que está acontecendo! Mas será que não se pode dormir!

Nisto retorna a mulher, passando correndo em transe com os olhos esbugalhados, e ameaça com o punho os argentinos. O pajé tenta em vão contê-la.

Os argentinos fecham rapidamente a porta e por uma fresta observam assustados a cena. Então advirto-lhes:

– Tranquem bem a porta e vão dormir, senão vai sobrar pra todo mundo! (Às cinco da matina, eles de mala e tudo, abandonaram furtivamente o hotel.)

Com o sol da manhã acordo e deparo com Sapaim firmando imóvel o mar infinito.

– O pajé dormiu bem? – pergunto-lhe.

– Não, pajé não dormiu! Foi até o Xingu ver família! – diz-me ele com a clara mirada de quem enxerga longe...

---

* Sapaim, através de sua vidência, comunica-se continuamente com Mamaé, seu espírito guardião.

HIMACHAL PRADESH (Índia) – BERLIM (Alemanha)

Não olhes ao abismo pois o abismo para ti olhará!

Nietzsche

Abyssus abyssum invocat*

Pela Senda do Diamante (Vajra) e na força de Milarepa & Drupka Kunley chego ao monastério Menri, altivamente suspenso entre as altíssimas montanhas do Himalaia. A linhagem Böm representa a tradição xamânica pré-budista do Tibete, e seus ritos e práticas da alta magia os tornaram mundialmente lendários. Também conhecidos como capuchinhos negros, são encarados com desconfiança tanto pelos ocidentais quanto pelas autoridades chinesas que governam o Tibete. Desde 1960 uma centena de famílias Böm se refugiaram nestas montanhas do Himalaia indiano (Himachal Pradesh) e aqui fundaram um magnífico templo. Essa linhagem outsider deriva sua doutrina de Tompa Shenrab, considerado como o verdadeiro Buda e o autêntico Desperto. Tanto o Buda Sakyamuni como o Dalai Lama são tratados com reserva por essa linhagem. Seus poderosos ritos exorcísticos sempre foram tanto respeitados como temidos pela população do Himalaia. Conta-se que Sherab Gyaltsen, o grande sistematizador do xamanismo Böm, ao procurar um lugar para fundar um mosteiro, enfrentou a ira dos supersticiosos aldeões locais, que, incentivados por um grupo de falsos iniciados, o acusavam de práticas macabras de magia negra. Gyaltsen então meditou profundamente e teve a visão da entidade Midu cavalgando um negro corcel nas altas montanhas. Nesse instante, uma poderosa avalanche precipitou-se sobre os misticóides e o mosteiro Menri foi erguido. Após a invasão chinesa, os Bömpos refugiaram-se aqui no Himachal Pradech, erguendo o santuário que também recebeu o nome de Menri**. Tudo o que a direita sabe, a esquerda também conhece, só que se aprofunda mais...

High skull

O budismo penetrou tardiamente no Tibete e seu numeroso panteão de divindades resulta de seu sincretismo com o xamanismo Böm.

---
* Abismo evoca o abismo.
** Contato Mosteiro Menri: Böm Monastic, Center P.O. Ochgat, 173223 – Himachal Pradesh – India.

O oráculo que se manifesta em transe, denominado Dordje Draken, fala numa voz rouca e na linguagem Böm, sendo o Dalai Lama um dos poucos que a compreende. O sistema Böm detém uma grande similiaridade com o xamanismo da Mongólia (que atualmente é um grande centro de budismo tibetano), Sibéria e o indígena das Américas*. Certa vez, o pajé Sapaim (da tribo Kamaiurá) revelou-me que em suas pajelanças no Xingu entrava em sintonia com os xamãs do Alasca e da Mongólia.

Tarde na noite começa a cerimônia dedicada à entidade Midu. Sinto a presença virtual do grande Arthur Veríssimo rondando o local. Estridem as trombetas ao rufar contínuo e hipnótica dos grandes tambores. O prior como se possuído convulsiona de olhos esbugalhados entre a miríade de velas e incensos. Encontra-se aqui um único ocidental sendo iniciado: é Manfred Sterne, um alemão que após o ritual me segreda não estar segurando a barra das rigorosas práticas iniciáticas. Há anos ele passa neste lugar tudo o que se possa imaginar. Ao perguntar-lhe o que ocorre neste monastério, ele seco me responde:

– Nem queira saber!

Mas neste insólito lugar felizmente não existe exploração comercial nem turistas esotéricos ocidentais, velhinhas históricas, lamaístas ocidentais deslumbrados ou pequenos Budas. Segundo as palavras solenes e profundas do alemão:

AQUI SE JOGA O VERDADEIRO PING-PONG DO ABISMO!

Quando os fortes tomam veneno, o veneno os torna mais fortes.
Nietzsche

Ignitur
Midnight rambler

Exu da Meia-Noite
Exu da madrugada
Salve o povo da Quimbanda
Sem Exu não se faz nada

---

* E não é gratuita a semelhança, pois exames de DNA vieram a comprovar que os povos indígenas das Américas são descendentes diretos dos mongóis e siberianos que em tempos remotos chegaram ao Novo Mundo.
"A Origem Argentina do Homem": existe uma única teoria discordante, pertencente a um antropólogo argentino que (em meio ao ufanismo nacionalista de Perón) sustentava que o homem nascera na Argentina e de lá espalhara-se ao mundo.

Manfred segreda-me que pretende abandonar o caminho iniciático e voltar nos próximos dias à Alemanha. Como seu pai é piloto da Lufthansa, convida-me a lhe acompanhar, uma vez que as passagens aéreas não seriam problema. O prior Böm, ao saber de seu intento, advertiu-lhe que esta atitude seria impraticável e perigosa pois ele estaria passando pelo ciclo iniciático das cerimônias do fogo e rompê-lo acarretaria conseqüências imprevisíveis...

Mahakala
The brother in the shade

Do Aeroporto Internacional de Délhi rumamos diretamente a Berlim nas asas germânicas da Lufthansa. Num pequeno apartamento situado na desolada região do antigo muro, Manfred retira revoltado todos os tankas (pinturas ritualísticas) da parede, rasgando num puxão uma grande pintura de Mahakala (o poderoso Exu tibetano). Num forte sotaque alemão ele desabafa:

– Budismo tibetano nunca mais!

Dou uma olhada em sua pequena biblioteca rica em preciosidades tibetanas e Manfred regala-me uma garrafa de cerveja. Enquanto dava fartos goles no néctar dourado, o alemão tenta preparar algo para comer. De repente uma violenta explosão eclode na cozinha, incandescendo a sala num forte estrondo: o bujão de gás explodira assim que ele acendera o fogão. Manfred sai todo chamuscado berrando:

– O RITUAL DO FOGO! VAMOS VOLTAR AO HIMALAIA!!!

SÃO PAULO

Com o grande webdesigner Israel Santanna entro no Instituto Adolfo Lutz, tradicional e conceituada instituição científica da cidade de São Paulo. Atravessando os imensos portais, encontramos o genial físico-filósofo-anarquista Zé Carlos Morell, que, num impecável avental branco, nos cumprimenta alegremente. Israel acabara de comprar um sítio e espera ansioso a análise da água do local, que, segundo sua otimista previsão, seria puríssima, mineral e até radioativa na fonte.

Caipiródromo

Mas nossa alegria durou pouco, pois em frente ao guichê de análise de águas estendia-se uma imensa fila. Uma horda de sitiantes e fazendeiros de chapéu de caubói conversam animadamente com forte sotaque interiorano. Um aparelho portátil de som é acionado emitindo em alto volume uma torturante seleção de duplas sertanejas. A fila alonga-se cada vez mais e o confuso atendente demora uma eternidade para emitir cada certificado.

De repente, um senhor de idade, muito bem vestido, invade o recinto a largos passos e, chegando ao guichê, exclama:

– Vim pegar meu certificado de análise de água!

Uma onda de protestos percorre a fila e o atendente acaba por adverti-lo:

– Senhor, o fim da fila é lá atrás!

– Sabe com quem está falando? – proclama exaltado o idoso com o dedo em riste.

– Com quem estou falando? – postula irônico o atendente.

– Pô, eu sou o Capitão Sete!*

---

* *Capitão Sete*, protagonizado por Ayres Campos, foi um dos primeiros programas da televisão brasileira, uma bizarra série de aventura infanto-juvenil exibida pela TV Record de 1954 a 1960. O Capitão Sete, nascido com o nome de Carlos numa pacata cidadezinha do interior de São Paulo, fora quando criança preparado por alienígenas. Enfrentava maus elementos na Terra, no espaço sideral e no mundo subterrâneo. Quando não era chamado a resolver algum problema como Capitão Sete, Carlos voltava à sua vida normal como um pacato e tímido químico num laboratório de análises. Namorava a bela Silvana, filha de um alto funcionário da Interpol. A série era totalmente trash, exibida ao vivo em PB, e tudo naqueles tempos pioneiros era feito na base do improviso. Freqüentemente em meio à luta, nosso super-herói nacional tropeçava nos tripés dos refletores que despencavam com forte estrondo e a sombra do microfone geralmente aparecia ao fundo do cenário.

PATNA (ÍNDIA)

Caminho pelo Ganges. As caudalosas e barrentas águas escorrem turbulentas pelas margens encharcando os templos milenares. Na estação chuvosa das monções espessas nuvens negras erguem-se ameaçadoras sobre a paisagem. Passo por uma pequena aldeia onde tomo uma mistura de leite com chá e especiarias com os simpáticos e falantes moradores locais. Sigo em frente e, através de uma pequena picada que margeia o caudaloso rio, contemplo o anoitecer. Lembrei da estória de Dasa, o jovem indiano que adormecera numa quente tarde de verão ao som dolente do Ganges. Sonhou que casara, tivera sete filhos e, convocado para a guerra, lutara bravamente e, de volta a casa, tornara-se monge e, após largar o hábito, passou a trabalhar como barqueiro no rio sagrado. Ao acordar, Dasa teve dificuldades em levantar-se e abismado constatou que estava com noventa anos!

O palácio de marfim

Precipita-se uma violenta tormenta de granizo e corro através de um espesso matagal em busca de abrigo. Vejo ao longe um palácio abandonado e à luz dos relâmpagos cruzo um pequeno lago de pedra vazio coberto de folhas secas. O muro está em ruínas e do portal só restaram os grandes pilares. No amplo salão tudo se encontra desolado e coberto de poeira. Deito-me no chão contemplando as curiosas configurações de luz relampeando através das vidraças quebradas. Sinto um forte aroma de sândalo. Um gato mia e ouço o inquietante ruído de passos, entrevendo vultos saindo da negra treva: são duas aldeãs que me saúdam dizendo que ali poderia pernoitar e abrigar-me da tempestade. Uma distinta senhora de idade, muito bem vestida com um sari branco e dourado, apresenta-se como a dona da casa e oferece-me toda a tradicional hospitalidade do povo indiano. Cansado como estava, adormeci como uma pedra e, aos primeiros raios de sol, abandonei o local.

Que rio é esse por onde corre o Ganges?
Jorge Luis Borges

Caminhei de volta a Patna passando novamente pelo pequeno povoado. Os aldeões estavam muito preocupados pois várias pessoas haviam morrido afogadas na inundação provocada pela tormenta da véspera. Contei-lhes que nada acontecera comigo porque passara a noite sob a generosa hospitalidade das bondosas senhoras da mansão abandonada.

Eles então gelaram: as três haviam morrido há mais de cinquenta anos!*

Índia oculta
Brasil oculto

O eminente cineasta e videomaker Goffredo da Silva Telles Neto jurou-me que quando tentava chegar ao terreiro do mestre Didi, mentor do fechadíssimo Culto aos Eguns na Ilha de Itaparica (Bahia), atravessara um grande vale onde viam-se casas, palhoças, casais de namorados flertando e inúmeros aldeões acenando-lhe ao passar. Encontrando o renomado pai-de-santo, este advertira-lhe que nunca mais percorresse sozinho aquele caminho por ser extremamente perigoso. Na volta, Goffredo, acompanhado por três filhos-de-santo da casa (Ojés), atônito constatou que todas as habitações e as pessoas do povoado que vira horas antes haviam desaparecido e ali apenas entrevia-se a árida paisagem!

---

* Madame Blavatsky, criadora da Sociedade Teosófica, certa vez ao passar pelo interior da Índia, avistou um templo magnífico onde monges vestidos de laranja conduziram-na por galerias suntuosamente ornadas por esplêndidas esculturas douradas. A vibração era tão intensa e elevada que no dia seguinte ela para lá se dirigiu, dessa vez acompanhada por vários teosofistas. Qual foi sua surpresa ao nada mais encontrar. O templo desaparecera e no lugar apenas avistava-se a vegetação.

SÃO PAULO – BOMBAIM (ÍNDIA)

Não há o que não haja!

Pedro de Souza Moraes

Wild horses

O carro seguia veloz pela avenida Paulista. A meu lado, Nick Cave* inicia um discurso inenarrável cuja poesia abissal é apenas pontuada pelo passar contínuo das luzes douradas pulverizando ouro puro na névoa da madruga**. Visão apocalíptica de Sampa à luz do fluido & suave opiáceo. Ao passar pelo Cine Belas Artes, vislumbro o quinto andar do lendário prédio, lembrando os bons tempos quando, no apartamento de Arnaldo Antunes, traduzia o poeta vidente inglês William Blake. Uma parte da tradução era feita pela Gô (mulher de Arnaldo), expert no assunto. Várias cópias datilografadas (traduções de Blake) ficavam no local, devidamente por mim assinadas***. Algum tempo depois recebi um estranho telefonema: uma voz rouca e cavernosa (que não quis identificar-se) acusava-me de ter participado de pretensos embalos da heroína**** que haviam ocorrido (segundo a voz) na casa do poeta e cantor.

Na hora, pensei tratar-se de alguma brincadeira de mau gosto, obra de algum gaiato (o que não falta por estes lados). Ainda considero a hipótese, e até desconfio de seu autor, mas na verdade jamais saberei.

---

* Nick Cave morou por dois anos em São Paulo, cidade por ele considerada como a mais incrível do mundo (coisa estranha pra quem praticamente não saía do quarto), e iluminou com sua argúcia várias noites paulistanas.

** Uma das primeiras casas noturnas dark-góticas de Sampa foi a Notre Dame. Chegamos à inauguração com Nick Cave, que na porta foi sumariamente barrado. Eu tentava convencer em vão o porteiro que eles estavam impedindo de entrar o papa do dark. Mas o funcionário, irredutível, exclamava:

– Nunca ouvi falar.

Nick, taciturno, aconselhou-nos a cair fora, mas deu uma tremenda secada (estilo "Bad Seeds") e o local acabou pegando fogo uma semana depois.

Kiki, a emblemática musa do underground paulistano, costumava irritar Nick Cave, não dando-lhe a mínima, ao contrário de todos, que costumavam tietá-lo.

Certa noite, no lendário Jungle, Kiki aproximou-se do papa australiano do dark e disse:

– Olhe o número da Besta! – e arremessou à mesa três dadinhos que formaram a conjunção 666. Nick, surpreso, desafiou-a a repetir a proeza. Kiki lançou novamente os dados, que caíram precisos na trinca de seis. No banheiro, Nick exclamava trincado aos presentes:

– Vocês viram aquilo!

*** Seriam posteriormente publicados no livro *O casamento do céu e do inferno e outros escritos*, L&PM.

**** Arnaldo fora enquadrado por posse de heroína naquele apartamento.

Como prova de sua suspeita, a misteriosa voz insinuava:
– Vejamos o que você escreveu naquele apartamento:

Estride o som da trombeta! Miríades da Eternidade
Engendram-se ao redor dos imensos desertos
Repletos de nuvens. Trevas & torrentes
Que turvas e turbulentas escorrem & declamam
Palavras que como trovões retroam
Sobre os cimos das altas cordilheiras

– Além disso – continuou a lúgubre voz –, chegou a nosso conhecimento que foram encontrados no local textos seus que continham expressões como "derretiam-se os céus", "um raio verde etérico fragmentava a paisagem violácea" e "minha mente divagava em meio à luz tênue e suspensa", que a meu ver denotam a visível influência deste entorpecente.
– Meu amigo – retruquei –, desculpe sua total desinformação literária, mas estas palavras não são de minha autoria, mas de um dos mais importantes poetas da história, William Blake, nascido em 1757, no século XVIII!

Traduttore traditore

Anos mais tarde entraria novamente numa roubada com minha inevitável mania de tradução. Em Bombaim, passava sérias dificuldades: sem dinheiro, sem passagem de volta e ilegal na Índia (visto vencido). Uma seita indiana, detentora de uma vasta rede de templos espalhados pelo mundo, pediu-me que fizesse a tradução para o espanhol dos textos sagrados de seu Mestre. Na situação em que estava, aceitei de imediato o trabalho pois seria a grande chance de ter pelo menos comida e hospedagem por bom tempo.

O escrito estava praticamente pronto quando chegou à cidade um mentor mexicano da seita, responsável pela difusão do Vedanta nos templos hinduístas de Monterrey e Tijuana. Era um imenso gordo bigodudo que ostentava na cabeça uma curiosa simbiose entre o turbante e o sombrero mexicano. Ao cotejar minha tradução com o original em hindi, cercado por seus inúmeros asseclas, o mexicano balançava a cabeça e franzia o cenho em sinal de desaprovação, exclamando continuamente:

– AI CHIUAHUA! AI CHIUAHUA!!!

Ninguém me avisara, mas deturpar as palavras do Mestre era considerado por eles um crime hediondo, punido até com a morte. Ao perceber a revolta do mexicano com o sentido inexato (segundo sua opinião) e profanador de minha tradução, os sectários fanáticos rangiam os dentes, ameaçando-me com suas adagas rituais.

– AI CHIUAHUA!!!

LONDRES

Em cada rua vaguei
Rondei o Tâmisa fluente
E em cada face notei
Sinais da dor contundente

Em cada homem um grito atroz
Em cada criança um silvo arrepiante
Em cada negação, em cada voz
Os grilhões que forjou nossa mente

WILLIAM BLAKE

Alta madrugada às margens do Tâmisa, espero a Alba tiritando de frio, envolto no espesso fog londrino. Numa cena totalmente vitoriana que remete às histórias de Sherlock Holmes, entrevejo um vulto cambaleante emergir da névoa. Aproxima-se e entrega-me um livro. Eram as *Obras Completas de William Blake*. Ao perguntar-lhe o nome, secamente respondeu:
– Emmanuel Swedenborg* – e zarpou oscilante pela bruma.
Mal sabia que anos depois verteria ao português os escritos do grande pintor vidente & bardo William Blake**.

---
* Emanuel Swedenborg (1688-1722), místico e visionário sueco. O pai de Blake fora seu seguidor. Swedenborg costumava vagar à noite pelas ruas de Londres, conversando com espectros e seres do mundo espiritual.
** *O casamento do céu e do inferno e outros escritos*, de William Blake, L&PM.

A voz do velho bardo
Alegre juventude, vem cá,
E contempla o amanhecer,
Imagem da verdade recém-criada,
Dissiparam-se as dúvidas e as névoas da razão,
As árduas disputas e os terríveis tormentos.
A insensatez é um interminável labirinto,
De emaranhadas raízes que embaraçam os caminhos.
Quantos ali já tombaram!
Eles tropeçam todas as noites nos ossos dos mortos,
E sabem que ignoram tudo a não ser o ó,
E querem guiar, quando na verdade deveriam ser guiados.

ZIPOLITE (México)*

Há mundos a porvir...
SOUSÂNDRADE

Minhas palavras ferirão teus ouvidos até que entendas.
WALT WHITMAN

Aztecotropina

Fulcro do psylocibe
Galeão espanhol
Que singra o Caribe

Messalina
Mescalina
No turquesa da piscina

---
* Knorosov e o Enigma da Escrita Maya e música Spasitar em www.marsicano.tk

O visionário marxista-ufólogo Juan R. Posadas

Como México no hay dos! De Acapulco sigo a Puerto Escondido na província de Oaxaca (célebre por seu Mezcal) e de lá para a praia de Zipolite. Lendário santuário underground, estas calientes areias abrigaram os lendários Allen Ginsberg, Jerry Garcia, Allan Watts, Jim Morrison, McClure e Timothy Leary. Numa pequena cabana de palha, com o sugestivo nome Psychodelic Luau, degusto um excelente café-da-manhã: huevos rancheros, huevos desquitados (dois ovos estrelados separados por um rubro molho apimentado), tacos de camarão (*con mucho chili para quemar*) e naturalmente o alucinante mezcal de Oaxaca! Nesse momento senta à minha mesa uma das mais insólitas figuras integrantes de nossas *Crônicas Marsicanas*: Rúben Posadas, seguidor do visionário Juan R. Posadas (1912-1981)*, o mentor da mais sui generis corrente do marxismo, o posadismo, que afirma serem os extraterrestres socialistas e que suas naves desencadearão (na marra) a revolução marxista em nosso planeta! Militante trotskista radical da Quarta Internacional, Juan R. Posadas recusava-se veementemente a admitir o "socialismo em um só planeta".**

Rendam-se, terráqueos!

Ruben inicia um inenarrável discurso, apresentando uma visão totalmente inaudita da América Latina, diversa de todos os manjados paradigmas e concepções conhecidos. Suas solenes palavras encadeadas num ritmo mágico, poético e profético ressoam o pensamento de uma nova e inusitada geração de escritores latino-americanos.

---

* O nome verdadeiro do argentino Juan R. Posadas era Héctor Cristal. Seu pseudônimo Posadas é uma poética alusão ao iminente pousar das naves em nosso planeta. Segundo informações obtidas com o genial jornalista e pesquisador Roberto Côomodo, Posadas, após anos no México, residiu nos anos 60 em São Paulo e aqui haveria tido uma filha.
** *Socialists from Outer Space* (1992). Documentário filmado de Nicholas R. Chandler sobre o trotskista espacial Juan R. Posadas.

Interplanetary citizen
O fim da era da roda

Deixa claro que seu pensamento errante e futurista profundamente "clavado en el espacio estrellar" não pode de forma alguma ser sumariamente vinculado a manifestações culturais que ainda mantenham o resquício do obsoleto quadro conceitual do século XIX. Alerta-me sobre o fim da era da roda na Terra e que esses pioneiros trens-balas que deslizam velozmente sobre campos magnéticos seriam as manifestações precursoras dessa nova tecnologia de moção flutuante já há muito conhecida em outras urbes mais avançadas. Fala-me de algo novo e embrionário, da Fraternidade da Cruz e do Triângulo e seu encontro astral com o mentor sideral Ramatis em Havana. Autêntico posadista, de mirada clara e voz profética, fez-me então uma série de revelações.*

O plurífono

No interior de uma imensa esfera de matéria vítrea branco-fosco, ergue-se majestosamente o plurífono. Funciona com força motriz do magnetismo etérico e seus imensos tubos translúcidos parecem feitos de papel celofane polido. Os sons inauditos são produzidos por jatos magnéticos que ascendem pelos tubos emitindo espantosas iridescências cromáticas. As teclas são luminosas e cada uma de suas fileiras é ornada com uma cor. As sete cores que compõem o teclado são as sete cores do espectro, embora mais puras e sutis.

Ars from mars

A impressão à primeira vista é a de sete fileiras de dentes luminosos dispostos em semicírculos. Esses diapasões cromáticos de puro som são operados pelo magnetismo das mãos do executante sem a necessidade de serem tocados. Sobre o plurífono, ergue-se a imensa tela vítrea onde os sons produzidos transmutam-se magneticamente em cores. O mais sutil movimento sobre as teclas engendra na tela a cor correspondente, a qual incorpora ou dilui, se espande ou esvoaça, ascensiona e, por vezes, desenha caprichosos arabescos fascinantes em névoas cromáticas matizadas em nuances lilases, azuis, esmeraldinos, rubis e topázios.

---

* Maiores informações Centro Ufológico Marsicano na Itália: www.ermes.it/ospiti/Cuma/defaulte.html – www.ermes.it/ospiti/cuma/defaulte.html

Cromagnetikatarsis*

DÓ – vermelho-fogo
FA – verde-seda
SI – azul-celeste

Pura cromosofia. Algo jamais sonhado por nossa computação gráfica. Estes plurífonos gigantes dispõe-se no centro de grandes domos esféricos vítreos. Os ouvintes acomodam-se em macias poltronas de material neutro que não repercutem ou vibram com as ondas sonoras emitidas. As paredes, erigidas sob processo de física transcendental, reverberam suavemente todas as notas vibradas pelo plurífono, cujas harmonias são de tal pureza e sublimidade que os espectadores perdem a sensação física e flutuam sob os timbres da sinfonia cósmica. Os plurifonistas, grandes mestres da arte intergaláctica, são dotados de alto grau de clarividência. Não improvisam nem sequer seguem partituras, mas se movem num roteiro abstrato captando nos mundos impoderáveis a inaudita sublimidade sonora. Existem também os plurífonos caseiros menores e gigantescos, erigidos em praças públicas que soam sozinhos acionados pelos ventos. Os antigos gregos tinham também harpas eólias acionadas pelo vento. Os egípcios erguiam gigantescas estátuas dos deuses forjadas em bronze oco. O forte sol do Nilo fazia ascender as correntes de ar que eram expelidas pelas bocas das imensas esculturas. O poderoso som que parecia estar sendo vociferado pelas divindades causava forte impacto na população da antigüidade.

A sexta frota

Outro ponto fascinante da arte extraterrestre é a concepção de instrumentos coletivos operados por mais de setenta alienígenas. Walter Smetak, ufólogo e inventor de instrumentos, criou certa vez uma flauta coletiva composta por um grande bambu em que cada nó era perfurado com sete furos e o instrumento podia ser tocado coletivamente por sete músicos.

---

* Erik Satie legou-nos uma versão de sua obra completa para piano, em que as notas e partituras eram coloridas com aquarela. Cada timbre sonoro recebia sua respectiva nuança cromática, além de palavras de inspiração poética. Satie oferecia essa trilha poético-cromática apenas ao executante, que através dela melhor poderia interpretar sua música. Infelizmente esse único exemplar feito à mão perdeu-se durante a Segunda Guerra.
Jimi Hendrix, durante a gravação de seu antológico *Electric Ladyland*, incentivou o baterista Mitch Mitcell e o baixista Noel Redding a orientarem-se sonoramente pelas cores. Os dois perplexos exclamaram:
– Jimi, somos músicos e não pintores!

Os 18 de Orion
Etereoprojetores

Mas talvez a arte pictórico-musical mais sublime do espaço e ainda de difícil compreensão para o estágio em que se encontra a arte terrícola seja a manifestada pelos etereoprojetores, maravilhosos aparelhos criados pelos artistas-cientistas siderais. Esses prodigiosos mecanismos captam as ondulações produzidas pela mente e as projetam através de signos gráficos nas imensas telas vítreas. Esses etereoprojetores atuam na zona etérica onde as emoções manifestam-se nas formas mais exóticas, e os pensamentos emitem cores e sons. Corporações sinfônicas de músicos cujo instrumento é apenas a mente dispõem-se emitindo com a mente em uníssono verdadeiros corais telepáticos amplificados sonoramente e projetados em cores inauditas em gigantes telas vítreas.

Dr. Kardan e a medicina de Marte

Os artistas siderais fundamentam seu conhecimento no trinômio arte-ciência-medicina. Os livros denominados definitivos, pois contêm verdades eternas e irrefutáveis, são ilustrados com imagens coloridas em terceira dimensão e que se movimentam. As páginas emanam aromas. Seria como se pudéssemos, ao folhear uma obra sobre a Floresta Amazônica, vê-la no movimento de suas folhagens, rios e igarapés, sentindo o perfume da mata. Existe também um sistema de cartas coloridas transparentes que irradiam magnetismo etéreo. Através de lúcidas combinações de energia astroetérica, todo o conhecimento pode ser sintetizado como equações matemáticas, composições musicais e fórmulas de cura medicinal.

Platonistas de plantão

Artistas-cientistas-filósofos tornam-se mestres nestas combinações de pensamento puro. Como os eidos platônicos, conceito que exprime a idéia através de *patterns* ou configurações, essas combinações de cartas coloridas transparentes, como num caleidoscópio, possuem infinitas combinações. A pintura sideral é, antes de tudo, medicina. Como o yantra indiano, a arte da mandala, a pintura sideral cria na mente do espectador um magnetismo etérico que eleva e sublima seu espírito. Os pintores extraterrestres espargem suas tintas magnéticas sobre lâminas de puro cristal luminoso em que o pintor sideral esparge seus pigmentos etéreos sobre este cristal de luz própria, estes também iridescem num grau fascinante de pureza cromática. Na aura dos espectadores essas emanações magnéticas reverberam, os levando a um estado de puro e sutil sortilégio: o azul-celeste irradia uma profunda espiritualidade, o verde-seda as emoções poéticas e o amarelo brilhante, o gênio intelectual.

PARIS (FRANÇA)

> *E, como nesse divertimento japonês de mergulhar numa bacia de porcelana cheia d'água pedacinhos de papel, até então indistintos e que, depois de molhados, se estiram, se delineiam, se colorem, se diferenciam, tornam-se flores, casas, personagens consistentes e reconhecíveis.*
>
> MARCEL PROUST

To loose low trek

A Carlos Marigo

Primavera em Paris. Cai a tarde e, ao lado de meu grande amigo Carlos Marigo, degusto numa pequena mesa do Café Noir* o violáceo e aromático vinho da Borgonha. Baudelaire aconselhava champanhe para a comédia, vinho branco do Reno para a mística e o tinto da Borgonha para a poesia. Vislumbro, na luz monetéacea do crepúsculo algumas adolescentes que passam flanando num pulsar Gymnopédie de Erik Satie**. Tudo esmaece num tom pastel. A primavera parisiense é sem dúvida a "grande precursora do impressionismo"! Peço outra garrafa e um pouco de queijo brie para acompanhar.

---

* Café Noir. Esquina da Rue d'Argout com a Rue Montmatre.
** Trilha sonora: www.marsicano.tk. *Gymnopédie n.1* de Erik Satie numa adaptação para Sitar e Harpa.

Raymond Roussel

Folheio o livro de Raymond Roussel, um dos mais insólitos escritores franceses. Considerado por André Breton como "o grande magnetizador dos tempos modernos", legou-nos *Impressões da África, Novas Impressões da África* e *Hocus Pocus*. Escritas em estilo automático (em que o autor redige veloz num fluxo inconsciente), suas obras eram criadas segundo o método rousseliano, que consistia em escolher duas palavras e escrever um livro entre elas. Inventou a máquina de ler, uma complicada engenhoca que, mecanicamente, intercalava os capítulos impressos em fichas e permitia várias possibilidades de leitura. Julio Cortázar inspirou-se neste método permutável para criar seu *Rayuela**.

Fascinado por Júlio Verne, inventou o Trailler, imenso veículo de nove metros, decorado no estilo art nouveau. Para não perder tempo, fazia apenas uma refeição diária (das 12h30 às 15h30) que começava com o café-da-manhã (frutas frescas, café e biscoitos), tudo em pequenas porções. A seguir vinha o almoço (frutos do mar, ostras e massas) e, depois da sobremesa (sorvete de frutas exóticas), emendava então o jantar (faisão, carneiro, etc.). Após saladas, trufas e mariscos, ele começava a degustar a ceia (sopas e omeletes), e uma modesta sobremesa e café davam como encerrada a insólita refeição.

As coisas complicaram quando ele tentou fazer o mesmo com drogas. Em seu diário encontra-se uma minuciosa descrição de curiosas substâncias: hipalena, rutonal, neurinase, aztecotropina, veronidin, cocaína (do laboratório Merck), morfina, etc. Amigo de Marcel Duchamp, Francis Picabia e outros vanguardistas, foi o pioneiro da concepção da arte como puzzle. Os enigmáticos e metafísicos quadrinhos (verdadeira HQ experimental) desenhados por Hi-A-Zo a partir de suas indicações, que constam de seu livro *Novas Impressões da África* (1919), foram produzidos após seu encontro com Tristan Tzara.

Roussel certa vez convidou um grupo de amigos para um cruzeiro num navio de passageiros (por ele fretado) para ver a África. Quando a costa africana foi finalmente avistada, ele gritou ao comandante (para a decepção dos convidados):

– Já vimos a África, agora podemos voltar!

---

* *Rayuela* (*Jogo de Amarelinha*) e *82 Modelo Para Armar*, obras do escritor argentino Julio Cortázar, onde os capítulos podem ser lidos aleatoriamente, à escolha do leitor.

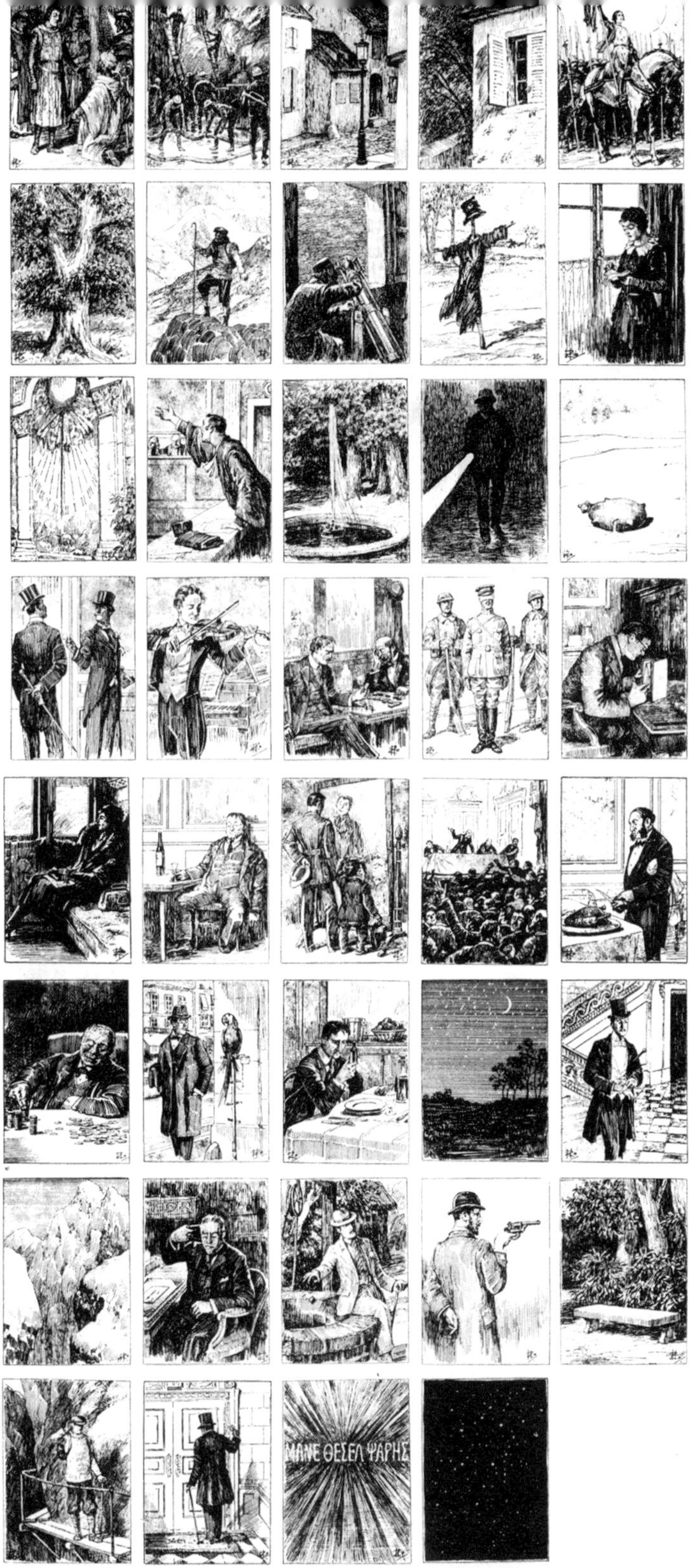
MANE ΘΕΣΕΛ ΨΑΡΗΣ

SIRACUSA (Itália)

*Feci quod potui, faciant meliora potentes**

Cícero

    Bacciamo le mani! Siracusa foi fundada pelos antigos gregos no século VII a.C. Sento nas escadarias de pedra do Teatro Grego. Sua forma inspirada nas conchas do Mediterrâneo ressoa uma acústica perfeita e do alto posso distinguir plenamente as vozes dos técnicos que dispõem as poderosas colunas de alto-falantes. Mulheres de negro na mais autêntica tradição dark-siciliana espalham-se pelos vastos patamares, na ante-sala do delírio. As sicilianas são góticas por natureza. Molho de tomate, pimenta e manjericão dionisiacamente mesclados num frenesi de sabores. O Etna espargindo sugo de tomate incandescente pra todo lado!

    Entre as ninfas
    e o mar de netuno
    a luz de mercúrio

Who's who in the roman empire

    MONNAGGIA!!! Centenas de Spots incandescem em reverberação cromática ao *giàllo-rosso* do crepúsculo. Subirei ao palco dentro de instantes, tocando com minha banda Marsicano Sitar Experience** juntamente com Kunsertu e Sugo de Messina; Zeitgheist e Hermes Trismegistvs (Pitagoric Death Metal) de Palermo; Anti-climax e Paralelo 47 (ocarina tecno) de Siracusa, Katarsis*** de Taormina e para encerrar Massacre e Bloody Vendetta dos vilarejos mafiosos de Cefalú e Cartagineta. Mas a grande atração da noite seria sem dúvida o grupo Incinerator****, da Catânia.
    Entre goles fartos de vinho tinto o guitarrista vocifera o refrão transtornado que tangencia o abismo:

    Mi ni scinni longu a
    Strata

---

* No latim preciso do poeta Cícero: "Fiz o que pude, faça melhor quem puder".
** Marsicano Sitar Experience – www.marsicano.tk
*** www.katarsis.com.it
**** incinerator crazy mail – Via calatabiano 20 – 95125 Catania – Sicilia – Italia – www.incinerator.com.it

Pà c'attari annicci
Pani
Ma arrivau na pistoletta
Ie arristai como um
Cuggini

Umbari cmi spaccmiu
Si!
Umbari cmi spaccmiu
Si!*

Ma'che minchia vuoi??? Caldeirão de Dionísio! Inferno Infundibiliforme de Dante! Um grupo de motociclistas liderados pelo piloto rockabilly siciliano Guido La Vespa zarpa mercurial perseguindo um cavalo branco. A estrela da manhã cintila luciferina sobre o Mediterrâneo e conduz meu pensamento aos portais do delírio: sinto a presença virtual de Platão (habitué por aqui em 366 a.C.) rondando estes patamares de pedra na época de Dionísio II. Vislumbro os Sábios Etruscos, Hordas de Cartagineses, O Culto a Deméter e o Mistério das Eleusis; Fenícios e os valorosos oriundi sicilianos como Frank Zappa, e os irmãos Libero e Fabio Malavoglia e que mantêm vivo o Legado de Orfeu!

Milhares de ocarinas sintetizadas ecoam em minha mente que contempla à luz da aurora os templos de Apolo e Dionísio. Em êxtase entro num táxi, rumo a uma Rave nas praias de Taormina (a Búzios dos Césares). O motorista me pergunta:
– Bem... pra onde vamos?
Num relance lhe respondo:
– Jamais saberemos!

---

* No dialeto siciliano: "Desci pela estrada / Prá comprar pão /Fui baleado / Banquei o laranja / Mano, que porra é você! / Mano, que porra é você!"

MACAU (China)

Cai o sol, no imenso horizonte, em flor, do Kiang

Camilo Pessanha – Elegias Chinesas

Pierrots
*Seus olhos são imersos no ópio
No ópio da indulgência universal*

Jules Laforgue

*A lua cheia dorme
Ébria dos cósmicos clorofórmios*

Jules Laforgue

Taotologia

Novamente ao sabor da tormenta. A barcaça joga pra todo lado sob o ímpeto das vagas na entrada do delta do Rio das Pérolas. Vindo de Hong Kong, pensei ser este trajeto tranqüilo como o de Bombaim a Goa. Tomo um gole de Mal Thai (forte aguardente chinesa) pra acalmar os ânimos. Mas a sublime visão de duas chinesas na sofisticada fashion de pernas cruzadas; a seda azul e rosa, o rubro batom e os olhos rasgados compensam todos os sacrifícios. Lembrei-me do filme *Macao*, em que a sensual Jane Russel chega a este porto sem lenço nem documento, sendo logo assediada por um corrupto e corpulento aduaneiro português.

Céu
Labirinto
De cristal

Mar
Alaúde
De jade

Hospedo-me num pequeno quarto no sótão do motel e casa noturna Red Poppy na zona portuária de Macau. O lugar tem tudo de que preciso: uma cama e um lugar onde colocar minha cítara. A noite, à luz difusa da lanterna, decifro os poemas de Li Pó, grande vate que sob o efeito do poderoso destilado oriental morreu afogado tentando abraçar a lua no Rio Amarelo. Maior poeta chinês de todos os tempos, legou-nos versos como estes:

Ruínas de su-tai
Nas ruínas do Palácio
Apenas a relva
Nos salões onde passaram
Formosas damas
A lua cheia
É a única a bailar

Li Po inicia outro poema descrevendo o alvíssimo pavilhão de porcelana situado ao meio de um lago de águas tranqüilas onde um grupo de poetas reúne-se para compor:

Pavilhão de porcelana
Em meio ao lago
Para alcançá-lo
a ponte de jade

A
LI PO
ASPIRAÇÃO

Meu pavilhão é este pequeno cômodo imerso na luz âmbar de uma lanterna chinesa. À fragrância do incenso jasmim degusto a letárgica *kinesis* sonora do genial grupo de rock local *A Outra Banda*, que se move na "velocidade de seda" tão apregoada por Jean Cocteau. Transcrevo aqui a genial poesia dessa banda na música *Casas de Ópio*:

Casas de ópio
Nos kakimonos de papel pintado
os dragões saltam, riem em carrancas,
e entre as nuvens do fundo acobreado
os deuses montam em cegonhas brancas

Sobre as lacas polidas, luzidias
Há figuras, marfim de alto-relevo
Finas silhuetas de mulheres esguias
Sorrindo aos deuses num profundo enlevo.
Na sua luz mortiça, vão ardendo
as lamparinas clássicas chinesas
Nos cachimbos o ópio vai fervendo
ao contacto das lâmpadas acesas.

Nas esteiras, em lânguido abandono
Adormeceram já os fumadores
Vencidos pelo poder fatal do sono.
Esqueceram da vida os dissabores.
O sonho adeja em louca fantasia
Miragens de além-mar, países raros
Glória, poder, riqueza, soberania,
Mulheres de olhos negros, de olhos claros...
Brancas magnólias, lírios perfumados.
Sobre as águas, em noites misteriosas,
Juncos, de prata e oiro carregados.

Sinto a vibração solene de Camilo Pessanha. Poeta maior do simbolismo português, escreveu aqui (como Camões) a maior parte de sua obra. Iniciado no taoísmo e profundo conhecedor do chinês, grafava seu nome com os ideogramas: pui (concha), sane (montanha) e nga (elegante): pui-sane-nga, ou seja, pessanha!

LUA DE JADE
A NOITE
INVADE

LUAR
EM ÂMBAR
IMERSO

IMERSO
EM PROSA
E VERSO

Ex-libris de pui sane nga – pessanha

Pui (concha)
Sane (montanha)
Nga (elegante)

O cenario era definitivamente azulado e lunar. No palco não me lembro quem apparecia, mas a peça que ponho na paisagem lembrada, sahe-me hoje dos versos de Verlaine e de Pessanha; não era a que deslembro, passada no palco vivo aquém d'aquella realidade de azul música. Era minha e fluida, (a) mascarada immensa e lunar, (o) interlúdio de prata e azul findo.*

A PONTE
DE
JASPE

Mestre absoluto da melissoante aliteração e opiômano convicto e inveterado, nos legou *Clepsidra* (poemas), o primeiro *Manual de Língua Chinesa* (perdido), além de traduções dos clássicos da dinastia Tang, em que orientaliza o português num estilo elegante e preciso.

Vozes do outono
Dinastia Tang (618 – 907)

*Viçam as ervagens
tingidas de seiva
rivais em louçania*

*As águas, puras
têm cromatismos de ágata
Sutil, a brisa
vibrações de jada*

---
* O texto grifado é de Fernando Pessoa.

E "O Abismo não sondeis!", adverte-me mestre Pessanha. Ao clarão da lua resplandecendo sobre o Rio das Pérolas, folheio a história em quadrinhos *Caze: um caso de ópio*, dos geniais quadrinistas locais Fonseca & Morais. À luz difusa da lamparina chinesa e do neon flamingo Red Poppy, sorvo lentamente uma xícara de chá de jasmim e um pouco de açúcar mascavo. Inspirado, delineio os poemas iniciais de *O vazio embalado a vácuo*:

HABITUÉ
DE MIM
MESMO

PLATONISTA
DE
PLANTÃO

CERVANTES
SEM
CONSERVANTES

HETERÔNIMO
DO
ETÉREO

NOS
LONGES
DO ARREDOR

NO
ESMERO
DA ESMERALDA

NA
SIDRA
DA CLEPSIDRA

NA
TEIA
DA ALETHÉIA

NO
ZUMBIDO
DE ZUMBI

NO
GARRANCHO
DE GARRINCHA

NO
TURMALINA

DE TAORMINA

NO
MÒBILE
MIRÀBILE

NO
ABSENTIO
DO ABSINTO

NO
ALUMBRE
DE ALHAMBRA

NA
ALBA
MELBA

NA
LUX
SIOUX

NA
REVANCHE
COMANCHE

NA
ESFERA
SAFIRA

NA
ROSÁCEA
OPIÁCEA

NO
COLAPSO
DO CALYPSO

NO
OCASO
DO PARNASO

NO
ÓCIO
DO LÁCIO

NA
CRISE
DA CRASE

Sobre o autor

Alberto Marsicano, graduado em Filosofia pela Universidade de São Paulo (USP), escreveu os livros: *Idiomalabarismos* (poesia), Aletheia; *Sendas Solares* (poesia), Massao Ohno; *Rimbaud por Ele Mesmo*, Martin Claret; *Jim Morrison por Ele Mesmo*, Martin Claret; *A Música Clássica da Índia* (Col. Signos) Perspectiva.

As traduções *O casamento do céu e do inferno*, de William Blake, L&PM; *Haikai* (antologia da poesia clássica japonesa) Oriento – Japan Foundation; *Sijô – Poesiacanto Coreana Clássica* (antologia da poesia clássica coreana), Iluminuras; *Trilha Estreita ao Confim de Matsuo Basho*, Iluminuras. *Nas Invisíveis Asas da Poesia* (Antologia poética de John Keats), Iluminuras; *O Olho Imóvel pela Força da Harmonia* (Antologia poética de Wordsworth), Trad. Alberto Marsicano e John Milton, Athelier; *A Música Clássica da Índia* (Col. Signos), Ed. Perspectiva.

Introdutor do Sitar no Brasil, é discípulo de Ravi Shankar e Krishna Chakravarty, da Universidade de Benares (Índia). Gravou os CDs *Benares*; *Benares – Music for Healing and Yoga*; *Impressionismos*; *Raga do Cerrado*; *Quintessencia*; *Electric Sitar*, lançado também na Rússia e na China; *Isto não é Um Livro de Viagem*, com o poeta Haroldo de Campos e *Sitar Hendrix*. O CD *Sitar Hendrix* recebeu a indicação para o prêmio Grammy (USA).